AUDAZ

AUDAZ
Priscilla Castro

TALENTOS DA LITERATURA BRASILEIRA

São Paulo, 2016

Audaz
Copyright © 2016 by Priscilla Castro
Copyright © 2016 by Novo Século Editora Ltda.

GERENTE EDITORIAL
Lindsay Gois

AQUISIÇÕES
Cleber Vasconcelos

EDITORIAL
João Paulo Putini
Nair Ferraz
Rebeca Lacerda
Vitor Donofrio

AUXILIAR DE PRODUÇÃO
Emilly Reis

PREPARAÇÃO
Lótus Traduções

DIAGRAMAÇÃO
Vitor Donofrio

REVISÃO
Samuel Vidilli

ILUSTRAÇÃO DE CAPA
Alexandre Santos

CAPA
Vitor Donofrio

Texto de acordo com as normas do Novo Acordo Ortográfico da Língua Portuguesa (1990), em vigor desde 1º de janeiro de 2009.

Dados Internacionais de Catalogação na Publicação (CIP)
(Câmara Brasileira do Livro, SP, Brasil)

Castro, Priscilla
Audaz
Priscilla Castro
Barueri, SP: Novo Século Editora, 2016.

(Talentos da Literatura Brasileira)

1. Ficção juvenil. I. Título. II. Série

16-00127   CDD-028.5

Índice para catálogo sistemático:
1. Ficção: Literatura juvenil 028.5

NOVO SÉCULO EDITORA LTDA.
Alameda Araguaia, 2190 – Bloco A – 11º andar – Conjunto 1111
CEP 06455-000 – Alphaville Industrial, Barueri – SP – Brasil
Tel.: (11) 3699-7107 | Fax: (11) 3699-7323
www.novoseculo.com.br | atendimento@novoseculo.com.br

novo século®

Para todos aqueles que, de alguma maneira, enchem minha vida de poesia e ajudam a ordenar letras, histórias e palavras dentro da minha cabeça. Vocês moram mais dentro do meu coração do que entre os tijolos e as paredes.

Escrever deve ser uma necessidade, como o mar precisa das tempestades – é a isto que eu chamo respirar.

Anais Nin

Prólogo

– Vou contar-lhe um segredo. Você pode guardá-lo para si? – disse o lobo antes de se levantar.

– Sim, eu posso.

– Abaixo do vale há uma caverna subterrânea que abriga meus tesouros.

– Por que está me contando isso?

– Ora, todos possuem segredos que não conseguem guardar só para si mesmos. Esse é o preço a se pagar por eles.

– Talvez o preço do seu seja dividir comigo parte desse tesouro.

– Eu dividirei. – O lobo se aproximava. – Seu esqueleto vai entrar para a coleção.

Um baque surdo, e a ruiva estava no chão. Algumas horas e seus ossos eram só mais alguns entre muitos outros empilhados no escuro.

1

Acordei. No chão, de novo. Era a sétima vez que sonhara com o lobo desde aquele dia na casa da minha avó. Fui até lá e, ao chegar, ouvi os gritos. Dei de cara com um lobo muito maior que o normal. Minha avó já mal respirava quando fui em sua defesa. Ela morreu nos meus braços, enquanto aquele ser enorme se retorcia de dor após eu ter enfiado a maior faca que consegui encontrar na prataria de vovó dentro de sua barriga. Prata, prata, prata. Mentira, mentira, mentira. Prata não mata lobisomem. O que mata? Eu não sei, esperava que você soubesse.

Algumas semanas antes
Minha mãe me encontrou apática ao lado do cadáver da vovó.
– C-como isso aconteceu? – Ela tropeçava nas palavras quase tanto quanto eu.
– Eu cheguei e ela estava aqui, e a caixa da prataria, vazia. – Eu chorava tanto, que duvido que minha mãe tenha entendido alguma coisa. – Acho que alguém tentou roubá-la e acabou... matando-a.
– Caí em prantos.

Mamãe enfiou a mão na bolsa e digitou alguns números no celular. Seu rosto perdeu a cor em poucos segundos e, não muito depois, ela também já chorava. Enquanto isso, eu sentia o sangue de minha avó escorrer em meu colo, pois não deveria me mexer até a perícia chegar. Eu estava cheia de cortes e hematomas, pois, antes de fugir, aquela fera havia me atacado também. Não conseguia assimilar a morte de vovó, e muito menos a maneira como tudo aconteceu. Meu maior desejo era poder sair dali. Afinal, ela nunca mais retornaria.

Eu sabia que o caso iria a público e que, por estar lá na hora do homicídio, eu poderia ser uma suspeita em potencial. E uma garota que mata a própria avó não merece viver. Iria parar num hospício ou na cadeia mesmo. Mas eu tinha muita coisa a perder, muita coisa a viver. Não existia explicação razoável para o que eu havia visto, não era racional ou mesmo possível. Neguei todas as perguntas, ofereci poucas respostas e deixei a delegacia com a certeza de que havia perdido o juízo. Acho que o detetive não aguentava mais me ouvir chorar.

Foi minha tia Carrie que me levou até minha casa. Ela não era muito mais velha do que eu. Eu tinha dezesseis anos; ela, trinta e três. Alta, cabelo loiro, olhos verdes bem claros e dona de uma grife inglesa, a Carrie's. Carrie se jogou no sofá e eu me tranquei no quarto. Ela ligou a TV, e eu, o computador. Me olhei no espelho. A bagunça do lado de fora era só um reflexo do caos do lado de dentro. Cabelo bagunçado, esmalte descascado, rímel derretido. Poderia ser o padrão de aparência de um dia triste, de um término de namoro ou de um fracasso na carreira. Não fosse o sangue debaixo das unhas, os arranhões nas costas e os pontos que fechavam cortes que, ainda que não deixassem cicatrizes, eu jamais poderia esquecer. Os hematomas preenchiam boa parte da pele que estava à mostra, mas o que doía de fora não se equiparava ao que definhava dentro de mim. Vovó morreu e levou metade de mim junto dela.

Sempre fui muito próxima de minha família. Nós éramos poucos e o tempo que passávamos juntos era menor ainda. Mas, ainda assim, com Carrie morando em outro continente, com meus pais trabalhando sempre, com minha entrada na adolescência e com a velhice cada vez mais latente no rosto de vovó, sempre pareceu haver tempo hábil para algumas gargalhadas e muita comida. Ela era a cola. Era o que mantinha todos unidos de maneira que nem mesmo nos momentos de extrema raiva podíamos nos desgrudar. Mas ali eu via algo mudar. Ela não estava ali. E não havia tempo hábil.

Carrie bateu à porta, interrompendo meus pensamentos.

– O que quer jantar, Erin? Tacos ou sushi? Não me venha com hambúrguer que eu já estou enjoada de comer isso.

Ela praticamente esfregou os dois folhetos de delivery na minha cara, pois não ia cozinhar, graças a Deus. Carrie podia desenhar, costurar, negociar e enriquecer muito bem, mas pilotar um fogão é a última coisa que eu iria pedir que ela fizesse naquela noite (ou em qualquer outra). Olhei em seus olhos. Suas íris estavam mais azuis, isso acontecia quando ela chorava muito e explicava o volume altíssimo da televisão.

– Tacos, Carrie.

§ § §

– Refri? – eu ofereci a ela.
– Seria interessante.
– Carrie – pigarreei –, cadê eles?
– Seus pais?
– É.

– Saíram.

– Por que eu estou surpresa?

– Eles têm que resolver a burocracia do obituário, do testamento e do enterro.

Não perguntei mais nada. Passamos a noite assistindo a *Pretty little liars*. Carrie estava com os olhos cheios d'água, mas isso não tinha nada a ver com o que passava na televisão, a série era de mistério. No meio do terceiro episódio, a campainha tocou. Abri a porta e senti o coração subir em direção à boca. O que eu estava vendo só podia ser alucinação. *Não, não, não*, pensei, *só posso ter perdido o juízo*. Pus a mão na maçaneta, pronta para bater a porta. Mas congelei. Parecia ser de verdade. Talvez, se eu esticasse o braço, pudesse sentir no pelo que era de verdade. Talvez, se colocasse a mão no focinho, o sentiria gelado *de verdade*. Talvez, se não saísse dali na hora, poderia morrer. *De verdade*. Ouvi Carrie me chamar, mas não lhe dei atenção. Preocupada com a minha demora, ela foi até o hall de entrada.

– Erin? O que você ainda está fazendo aí? Quem quer que fosse já foi embora.

Então ela não o via.

Quando consegui me mover, subi as escadas e me tranquei no quarto. Das duas, uma: ou eu estava ficando louca, ou havia um lobisomem no meu capacho. Não consegui decidir qual era a pior opção. Com medo, chorei até dormir. O que foi surpreendentemente fácil, apesar da luz acesa e das incessantes batidas de Carrie à minha porta. Não fazia nenhum sentido. Começo a me perguntar o quão lúcida eu estava naquela noite e nas seguintes.

§ § §

Dois dias depois ocorreu o enterro de Lily Harrison Lee, minha avó. A igreja estava lotada. Não cabia mais ninguém nos bancos de mármore, por isso algumas pessoas acabaram assistindo à cerimônia de pé.

Meus pais haviam saído mais cedo para garantir que tudo daria certo... Como se houvesse um jeito de as coisas estarem mais erradas. A verdade é que àquela hora eu já deveria estar na igreja, de pé, recebendo pêsames e sentimentos, junto a meus pais e minha tia, mas, como sempre, eu estava atrasada. Peguei o vestido preto de renda e tule no fundo do armário. Ninguém acreditaria se eu contasse que o comprei numa loja de departamento. Calcei um All Star preto que batia no tornozelo. Lápis preto e óculos de sol.

Senti algo parecido com pelo de cachorro encostar em minhas pernas e pensei em Bacon, o labrador de Carrie. Mas não foi ele que vi quando me virei. Um lobo. Grande e branco. Decidi enfrentar isso de verdade. Me convenci de que não era real. Tudo coisa da minha cabeça. É, era isso, eu estava enlouquecendo. *Não existe lobisomem. Não existe. Não existe.* Por isso, ao sentir o pelo do animal, percebi que as coisas eram o extremo oposto do que eu havia imaginado. Sentei na cama, implorando mentalmente que não morresse naquele dia.

– *Até quando você vai me ignorar?*
Não mais.
– V-você fala?
– *Não deveria?*
Olhei espantada.
– Não.
– *Precisamos esclarecer algumas coisas.*

Eu fiquei pálida. Pálida, e verde, e azul, e roxa, e vermelha, e amarela, e verde, e eu precisava sair dali. Talvez eu não fosse tão louca assim. Só não sabia lidar com o inexplicável.

– Eu tenho que ir. Pare de me assustar de noite, faça o favor de sumir dos meus pesadelos e da minha vida, porque eu...

– *Você fala demais.*

Saí correndo sem pensar. É incrível o que um pouco de adrenalina e medo podem causar numa pessoa. Não havia o que dizer, não havia maneiras de explicar e, se eu havia pensado que poderia enfrentar, que teria forças para lutar, estava bem claro que era impossível. Às vezes, tudo o que queremos e podemos fazer é correr. E não que eu gostasse de fugir, ou que não tivesse vontade de descobrir os porquês que rondavam a morte de minha avó. Eu simplesmente não podia. Não podia.

Fui de bicicleta para a igreja. Passei numa floricultura e comprei crisântemos e tulipas. As flores prediletas de vovó. Amor materno e amor eterno.

Enchi a cesta da bicicleta com as flores. Na igreja, subi as escadas e cheguei ao pedestal onde jazia o caixão da vovó. Fechado, graças à autópsia. Não pude nem ver seu rosto... É uma maneira estranha de se dar adeus. Velórios, enterros, morte... Tudo isso é estranho. A sensação é de que a pessoa está dormindo e vai se levantar no próximo minuto. Mas nós sabemos que ela não vai. O pastor me abraçou e eu me sentei com Amy, minha vizinha e amiga de infância.

Vários amigos meus foram ao enterro de vovó. A cidade inteira devia saber disso, já que a imprensa fez um estardalhaço com a história. Depois de cumprimentar toda a parentada mala, vieram meus primos, os gêmeos Barbara e George. Tio Bob mimava os dois mais do que Carrie mimava Bacon. Bob é irmão do meu pai e se casou com Ella, e juntos tiveram dois filhos "impossíveis", diga-se de passagem.

Eles gritavam, fazendo milhões de perguntas e me puxando para todos os cantos da igreja, competindo para brincar comigo. Perdi a paciência. Larguei os dois no último banco e saí pisando duro sob o fuzilar dos olhos de meu pai.

No cemitério, ouviam-se lamentos e choros vindos de todos os lados. Não éramos os únicos a enterrar alguém amado. O caixão foi descendo e flores foram jogadas, inclusive as minhas. Minha despedida foi um olhar desesperado. Adeus. Era o ponto final de uma vida e a vírgula de um grande amor.

2

Alguns dias depois do enterro, fomos à casa da vovó. Tínhamos que decidir o que fazer com suas coisas. Mamãe foi para a sala; Carrie, para a cozinha; eu, para o quarto, e meu pai para o sótão, depois para o quarto da televisão. Abri o guarda-roupa. É, foi daqui que saiu a elegância e a classe da minha mãe. Joguei todas as roupas na cama e as coloquei em quatro caixas para doar.

Minha mãe apareceu na porta. Eu me parecia muito com ela. A única diferença entre nós eram meus olhos castanhos. Os dela ainda estavam inchados, como os de minha tia. Mamãe mal havia tocado na comida durante a última semana.

– Erin.

Eu olhei para ela. O cabelo castanho preso contrastava com os olhos cor de mel.

– Se quiser escolher alguma coisa, faça isso logo. Nossa casa não pode virar um brechó e isso daqui não vai ser um museu.

– Ok, mãe.

– Erin, está tudo bem.

– Eu sei.

Ela pretendia dizer alguma coisa, mas minha tia falou antes:
– Scarlett! Carrie gritou do andar de baixo.

Mamãe me lançou um olhar solidário e foi atender ao chamado da irmã.

Já sozinha no quarto, fui abrindo gaveta por gaveta da cômoda. Álbuns, retalhos de tecidos, comprimidos, roupas, fitas cassete, lembranças e toda a sorte de bugigangas que se pode achar no quarto de uma senhora de mais de setenta anos. No meio da bagunça, achei uma caixa de presente rosa, com fita branca. Se não era meu, agora podia ser. Desfiz o laço e abri o embrulho, achando assim uma jaqueta de couro vermelha com "Erin" na etiqueta. Era, portanto, minha. Não muito tempo antes, ela havia adquirido uma nova mania: trocava as etiquetas da loja por uma bordada por ela, com o nome de quem receberia o presente. Achava mais original. Encontrei uma boina da mesma cor. Com a mesma etiqueta. Essa ela fez, eu tenho certeza. Se você não me sentiu sentindo saudade da minha vó, esqueça. Senti falta de cozinhar com ela, de pintar com ela, da casa de passarinho que nós fizemos juntas.

Meus olhos se encheram d'água e as lágrimas desceram quentes. Não chorei no velório. Não chorei no enterro. Não precisava de mais gente sentindo dó de mim. Não sabia lidar com a morte nem com a saudade. Quando dei por mim, já estava com o rosto inchado e o nariz vermelho. Aparentemente, saber chorar em silêncio é uma graça maior do que eu pensava. Graça esta que eu aparentemente não tinha, pois meus pais e Carrie apareceram na porta ao me ouvirem soluçar. Os três me olharam com uma expressão esquisita. Minha mãe disse a meu pai:
– Acho que ela não vai aguentar, Andrew.

– Não vai mesmo. – Ele pensou um pouco. – Carrie, você pode deixá-la lá fora? Acho que ela precisa tomar um ar.

Minha mãe se adiantou mais uma vez:

– Eu vou junto.

Acho que as duas precisavam conversar, porque, depois de me enxotarem para o jardim, saíram sussurrando meias palavras até entrarem outra vez em casa. Passei pela piscina e pela churrasqueira. Sentei no balanço. Balancei alto, bem alto. Cansei. Não demorou muito para que eu notasse que tinha companhia.

– *Erin?*

– Pensei que não ia mais aparecer.

– *Realmente acreditou nessa hipótese?*

– Talvez. Por alguns segundos.

– *Que bom. Eu gostaria muito de conversar com você a respeito de Lily.*

Eu ainda engasgava a cada vez que alguém falava seu nome. A casa tinha o cheiro, a cara e o bom gosto de vovó. Quase que a mantinha um pouco viva. Pelo menos parte de sua memória.

– Tudo bem.

Me lembrei de que havíamos começado pelo fim. Esta parte geralmente vem primeiro:

– Qual o seu nome?

– *Scott.*

– Bem, você já sabe o meu, eu suponho. Então...

Parei por um momento, considerando gritar ou fugir. Mas eu estava tão cansada. Olhando para trás, percebo que ficar ali foi um ato de insanidade. Mas, ora, o que eu estava vendo na minha frente já era uma insanidade por si só!

– *Erin, sua avó foi morta por um lobisomem da minha matilha. Da dela também.*

– Está sugerindo que... Do que você está falando?

– É... *Ela era nossa líder e preferiu não repassar o dom para nenhuma de suas filhas. Nem para você. Não é uma mutação com a qual se nasce. Adquire-se. Então, Horus a matou. Você não chegou a vê-la sob a aparência de loba, mas ela foi uma. Caso contrário, você não me entenderia.*

– Morta por não repassar uma maldição? E você espera que eu acredite nisso? Como é que você se acha no direito de invadir a minha casa, de bagunçar a minha vida? Eu não sei quem são vocês, não sei como é que vocês passaram a existir para o resto do mundo. Mas, por favor, sumam, sumam pelo menos para mim e para a minha família! Vocês já levaram uma das pessoas mais preciosas para mim. E honestamente, eu não me importaria em ser levada também. Desde que não fosse por monstros asquerosos como vocês!

Saí a passos largos, enquanto tentava segurar o choro. Mas rapidamente fui alcançada.

– *Erin, espere! Eu entendo que você nos odeie, entendo que seu primeiro instinto seja de ódio e vingança, compreendo que você queira que eu vá embora. Mas foi exatamente por isso que eu vim aqui. Para te ajudar. Nem todos são como aquele que matou sua avó. Eu preciso que você me entenda e me escute, eu venho de muito longe porque entendo que você precisa de explicações e, mais do que nunca, de proteção. Vim te avisar que o lobo que matou sua avó está à espreita. Ele não é de deixar rastros. Por isso, eu vou estar por perto. Só que eu preciso muito que você me deixe falar, você só conhece um pouco de quem era a sua avó.*

Diante daquela situação, fiquei sem saber como reagir. Era confuso demais. Já não fosse suficiente perder minha avó, percebi que não tinha a menor noção de quem ela era de fato. Fiquei em silêncio por muito tempo, ouvindo as peripécias de uma mulher com força suficiente para liderar um grupo de pessoas que se transformava em lobisomens (e, aparentemente, isso podia ser cientificamente explicado), exercer papel de mãe e pai, após ficar viúva, de uma família espalhada pela Inglaterra e pelos Estados Unidos, e ainda ter um resquício de tempo para si própria. Quer dizer, eu estava chorando a morte de minha avó, mas ao ouvir tantas histórias, percebi que, na verdade, eu chorava a morte de Lily, a avó que cuidava de mim como ninguém, mas também chorava a morte de Lily, uma completa estranha para mim.

– Eu preciso voltar pra casa.
– *Eu também.*
– Scott, eu ainda vou ver você?
– Não tenho ideia.

Meio que sorri. Queria saber mais sobre ele. Queria saber mais sobre vovó. Estava meio desapontada e talvez ele tenha notado.

– *Talvez essa seja a graça.*

Ele sumiu por entre as árvores sem dizer mais nenhuma palavra.

No jantar, já em casa, tudo correu normalmente. Mamãe cozinhou e eu comi. Comi muito. Afoguei as mágoas na comida. E minha mãe gostou, me fez repetir o prato. Depois da sobremesa, tomei banho e fui dormir.

§ § §

Os dias se passavam e nada mudava. Ainda havia angústia nas lembranças das semanas anteriores e dor em qualquer assunto que me fizesse lembrar de vovó. Carrie voltou para Londres alguns dias depois, me fazendo ficar pior ainda. Sua companhia me alegrava. Mamãe ainda estava com olheiras enormes e meu pai parecia estar sempre com sono. O "normal" nunca havia sido tão diferente. Eu só queria voltar a viver de verdade, como era antes de toda aquela confusão.

§ § §

Se eu pudesse dar um conselho a alguém, seria bem específica. Nunca, nunca mesmo, adquira afeto por alguém que vai embora. Nunca. Nunca. Nunca. Porque sentir saudade dói demais. E por mais que a dor nos faça sentir vivos, ela nos mata um pouco mais a cada dia.

Alguns meses depois, meu pai me chamou para conversar. Na sala. Com mamãe. E ele. Aí vem tempestade.

– Erin, você não vai estudar aqui este ano.

Eu disse: tempestade.

– Quer dizer que vamos nos mudar? Assim? Do nada?

– Não, querida – meu pai disse, aflito. – Você vai.

Conseguia ouvir as trovoadas.

– O quê? Vou para onde?

– Londres, com sua tia. Você sempre quis conhecer a Inglaterra e falava em morar na Europa. Eis a sua chance.

Eu disse tempestade? Um dilúvio!

– Eram sonhos, pai! Eu não pretendia me mudar do nada!

– Sonhos são criados para virar realidade. Não está certo deixar essa oportunidade passar. Sabemos o que é melhor para você. Desde a morte da sua avó, você mal põe os pés para fora desta casa, Erin. Pense direito: você está feliz?

– Talvez – respondi no automático. – O suficiente.

– "O suficiente" não é um "sim". Você precisa sair desse casulo. Prosseguir. Vai adorar morar lá. Você está afundando. E nós precisamos puxá-la para cima antes que você se afogue.

Vencida pelo cansaço, subi para meu quarto. Talvez estivessem certos. Eu sonhei mesmo com tudo aquilo e nada acontece duas vezes do mesmo jeito na vida. Quantas chances eu teria?

Depois da conversa que viria a mudar tudo, tudo, tudo na minha vida, subi para o quarto. A música do iPad enchia o cômodo com o volume alto. Repassei mentalmente a conversa que tive com Scott. Olhei para o espelho e me imaginei como loba. O que havia de tão ruim nisso?

§ § §

A angústia que eu sentia era inexplicável. Passei por montanhas-russas de emoções, mistos de sentimentos e explosões em diversos dias. Sentia tudo numa intensidade absurda, num espaço de tempo curto e sem pausa para reflexões. Ainda que estivessem em posições diferentes e aparentemente desorganizadas, as coisas pareciam estar retornando aos lugares certos. Ainda que a solução para a dor ainda não tivesse sido inventada, eu preenchia os vazios da saudade e da tristeza com pequenas distrações. E, quando elas acabavam, eu era inteira casca. E dentro de mim só morava vento. No entanto, eu sabia que me mudar era tudo de que eu precisava. Guardar minha vida numa caixinha e criar uma folha em branco, preenchendo as linhas de uma maneira nova. Na teoria é muito simples, mas quem dera fosse praticável de maneira tão sucinta. A vida da gente tem uma lista de pendências que nos acompanha sempre. A cada sonho, uma cobrança.

Dizer que você vai jogar tudo pro alto é bem mais complicado do que fazê-lo de fato. Dizer que eu não queria ir seria uma grande mentira. Eu não queria *precisar* ir. Não queria realizar meu sonho daquele jeito, não sob aquelas circunstâncias. Eu estava triste e cansada. Era insuportável estar de luto. Minha vida havia estagnado no dia em que ela morreu, no dia em que eu vi a vida deixar seu corpo. O peso da verdade e dos últimos meses funcionava como uma âncora. Não representava um porto seguro, mas sim um objeto pesado que me puxava para baixo, me afogando nas lágrimas que caíam sem a minha permissão. Eu estava afundando. E tudo o que eu queria era respirar. Então, mesmo meu sonho estando menos colorido, seria minha válvula de escape. O que é uma pena, eu diria.

Resolvi fazer tudo doer um pouco menos. Joguei todo o conteúdo do armário na cama e escolhi algumas roupas. Minha mãe tinha comprado duas malas no dia anterior. Devia ter desconfiado. Eu as havia visto na sala de estar, mas não me lembrei de perguntar o motivo da compra. Ambas prateadas. Uma grande, que enchi com as roupas escolhidas, incluindo a jaqueta e a boina vermelha, e uma média, em que coloquei sapatos, *nécessaires* e um pouco de maquiagem. Não quis levar muita coisa porque sabia que iria comprar muito em Londres. Muito. Montar bagagem é uma coisa meio chata. Principalmente para mim, já que sou indecisa em proporções catastróficas. Por isso, fiquei meio entediada e resolvi ouvir música.

Playlist
"Little House" – Amanda Seyfried
"Say Anything" – Tristan Prettyman
"Happier" – A Fine Frenzy
"Mama's Broken Heart" – Miranda Lambert
"I Need Your Love" – Calvin Harris feat. Ellie Goulding
"Counting Stars" – Gardiner Sisters Cover
"Tee shirt" – Birdy
"Way in the world" – Nina Nesbitt
"All about us" – He Is We

"How" – Regina Spektor
"Almost lover" – A Fine Frenzy
"Flowers in your hair" – The Lumineers
"King of anything" – Sara Bairelles
"Skinny love" – Birdy
"Rollerblades" – Eliza DooLittle
"How deep is your love" – Calvin Harris
"I want crazy" – Hunter Hayes (Alex G cover)
"Only hope" – Gardiner Sisters

 Felizmente, não havia ninguém em casa para reclamar do volume da música. Enquanto eu me ocupava com as malas, minha mãe foi fazer a conversão de dólares para libras. Meu pai estava em um churrasco com os colegas do trabalho. Já estava na hora de os meus amigos saberem da bomba. Liguei o computador e entrei no Facebook. Só consegui conversar com Ted e Emma. Meia hora depois contatei Amy, Trisha, Logan, Mason e Rachel pelo telefone. Foram muitas lágrimas, muitas reclamações, muitas lembranças, muitas saudades adiantadas, porque amigo é assim mesmo. Expliquei tudo da melhor forma possível, considerando que eu nunca consigo explicar nada direito.

 Não ficaram felizes, mas não iriam roubar minha passagem, não iam fazer um escândalo no meu jardim, implorando que eu ficasse. Ficaram chateados e pediram para eu reconsiderar e tentar ficar, mas expliquei que não estava mais em minhas mãos. Sacramento era uma cidade complicada para alguém com tantos traumas na bagagem quanto eu. Meus sonhos estavam sufocando. Eu estava sufocando. Era difícil sair na rua e não receber um olhar carregado do que deveria ser compaixão, mas era só pena. Pena da garota que perdeu a avó num trágico assassinato. Pena da garota que praticamente assistiu à morte de um familiar. Como se qualquer um deles se importasse. Eram só curiosos. A diferença está aí: quem se importa de fato sente compaixão, e isso ajuda. Quem só se interessa pela história sente pena, e isso irrita demais. Era nessas ocasiões que eu desejava ser invisível. Agora eu podia ser. Então talvez meus pais estivessem certos, talvez fosse hora de mudar.

Dois dias depois da notícia que tirou as minhas fotos dos álbuns, as lágrimas dos meus olhos, o estoque de músicas melancólicas que eu tinha no celular – sabia que um dia ia precisar – e as memórias do fundo da minha cabeça, cheguei um pouco mais tarde, porque minha mãe pediu que eu passasse no mercado. A fila estava enorme e voltei andando para casa. Abri o portão, nenhuma luz acesa. Eu era, provavelmente, a primeira a chegar. Procurei a chave da porta da frente no chaveiro, mas por alguma razão não consegui encontrá-la. Então, teria que entrar pela porta dos fundos. As sacolas estavam ficando pesadas demais. Abri a porta justo quando minha mãe chegava à cozinha.

– Oi, filha!

– Oi – respondi, colocando os sacos no balcão. – Estava dormindo? Achei que não tinha ninguém em casa.

– Estava. Seu pai vai chegar daqui a pouco. Arruma a mesa que ele vai trazer comida. Mas antes troca de roupa, porque nós vamos sair para comprar o presente da Dani.

Santa Dani! Eu estava doida para sair.

Subi e coloquei um vestido. Já estava maquiada e nem precisava, só iríamos comprar alguma coisa para a amiga da mamãe.

– É para arrumar a mesa, dona Erin – minha mãe resmungou quando retornei à cozinha.

– A da sala?

– É.

– Mas a gente nunca come na sala. Por que a gente não come aqui no balcão mesmo?

– Porque eu não quero. Eu quero comer na sala. Anda logo, Erin. Põe a mesa antes que eu me irrite. Vou até te ajudar. Pega os pratos que eu levo os copos.

Meio sem entender, eu a segui até a sala.

– Acende a luz.

Acendi. Fiquei branca. Segurei os pratos com mais força para não deixá-los cair. Sorri de uma orelha a outra.

– SURPRESAAAAA!

E ali estavam meus amigos, meus colegas, meus primos, avós, os amigos dos meus pais, meu pai – que não tinha ido comprar comida coisa nenhuma –, uma dezena de pessoas de lugares diferentes que eu havia conhecido de maneiras diferentes e até ex-namorado. Minha mãe sim sabia dar uma festa.

Os sofás estavam colados às paredes, deixando um espaço razoável no meio da sala. De repente, as luzes se apagaram novamente. Para meu espanto maior ainda, havia um DJ no canto. E luzes! Luzes! Amy me puxou para o centro da sala, onde todos já estavam dançando. Lancei um olhar agradecido para meus pais, que já haviam se sentado à mesa e conversavam animadamente com os amigos. Logo mais, surgiram garçons sabe Deus de onde, porque eu realmente não faço ideia, com comidinhas que tinham a cara da minha mãe. E eram incrivelmente deliciosas.

Lá pelas tantas, quando já estávamos quase todos cansados, porém ainda dançávamos sem hesitação – afinal de contas, essa seria minha última festa nos Estados Unidos, pelo menos por um bom tempo –, meus pais sumiram. E depois voltaram, segurando um bolo bem grande. Não ganhei "Parabéns pra você", mas comi tanto, que quase passei mal. A música estava ensurdecedora, mas não era como se alguém se importasse, já que até as pessoas mais velhas estavam na pista.

Quatro da manhã, e a casa continuava cheia. Já estava descalça quando os convidados começaram a ir embora. Às cinco, o DJ parou, dando a deixa para todos baterem em retirada. Dei um beijo na minha mãe e outro no meu pai e desabei na cama do jeito que estava. Fazia um século que eu não dormia tão tarde e tão feliz.

§ § §

Minha última semana em Sacramento se arrastou, mas já me sentia mais leve só de poder recomeçar em outro lugar. As malas estavam prontas há tanto tempo, que eu mal podia me lembrar. Dei uma olhada na estante, que guardava os livros que eu demoraria a ler novamente. Os porta-retratos que eu já havia cansado de encarar, tentando decorar suas imagens na cabeça. A escrivaninha continuava cheia de coisas, como se eu fosse voltar no dia seguinte. O quarto parecia habitado, mas, na verdade, eu estava deixando-o.

Depois da festa de despedida, eu me tranquei em casa, talvez para curtir os últimos momentos dentro dela. Talvez por não entender muito bem a ideia de ir. É que eu nunca precisei me despedir. De casa, da família e dos amigos, todos de uma vez só. Eu nunca tive que ir embora, e agora eu precisava. Podia até ficar, mas era isso mesmo o que eu queria? Me confinar no mesmo cubículo para sempre? O problema é que eu até gostava do confinamento, então me condicionei a ele nos dias que me restavam. No entanto, houve uma vez em que meus amigos fizeram um complô com minha mãe e, para me tirarem de dentro do quarto, prepararam um piquenique.

Fomos até um parque no centro da cidade. Levamos um violão e comida. O dedilhado tranquilizou minha tarde. O dia entrou para a minha história como a prova de que há amigos pelos quais vale o sacrifício, e mais que isso, dói a saudade. A ausência é quase palpável. E a presença, impagável.

    Cheguei em casa e assisti a um filme com meus pais. Ser filha única me poupava da dor de ter que dizer adeus a alguém mais. Não aguentaria ir se precisasse me despedir de alguém menor do que eu. A saudade é uma coisa esquisita, não tem muito jeito de explicar, mas há infinitas maneiras de se sentir. Dói antes de ir, dói durante a ida, na estrada, na estada e, em alguns casos, na volta. Eu poderia dar minha definição de saudade dali a alguns dias, quando não seriam brigas que me afastariam daqueles que eu amava, mas um oceano inteiro. Tão profundo quanto a minha saudade. Pronto, eis aí minha explicação. Minha saudade era imensurável, enorme e profunda como o mar.

    No fundo, eu sabia que ela iria adormecer. Uma hora eu ia parar de sofrer com os quilômetros e achar outras coisas com que me preocupar, mas, mesmo distante, eu continuaria pertencendo àquela cidade e àquelas pessoas. É bom ter um lugar ao qual pertencer; logo, ficar longe dele seria um problema. Mas eu iria ficar bem. Ou, pelo menos, esperava ficar. Era oficial, todas as amarras estavam rompidas. Era hora de ir. Mas eu tinha a esperança de voltar.

3

Parti exatamente às 22 horas de uma sexta-feira. Em meio a lágrimas, conselhos, sorrisos, exigências, declarações de saudade antecipadas, promessas de me manter informada das novidades, reafirmações de amizade infinita, beijos e abraços, entrei no avião. As medidas de segurança foram exibidas numa telinha. Era permitido usar aparelhos eletrônicos, visto que as próximas horas seriam gastas esquentando a poltrona, que era meio desconfortável, por sinal. Ainda bem que não haveria escalas. Nunca tinha voado à noite. Faz você se sentir imerso na escuridão. É bem verdade que eu gosto de aviões. Para observar e para viajar. É quase como estar suspenso no tempo. Funciona como uma pausa entre o antes e o depois. São raras e quase sempre felizes as situações que me fazem sentir assim.

Agora, as telinhas exibiam um filme: *A vida acontece*. E olha, ela acontece mesmo. Pega a gente de surpresa e vira a alma do avesso. E, para mim, ela vinha acontecendo de uma forma tão imprevisível quanto inacreditável. Ao mesmo tempo em que fugia de criaturas estranhas, tentava lutar contra a dor de uma perda e contra a certeza de que não era uma pessoa sã. Deixando família e amigos em terra firme, eu alçava voos para um lugar diferente, onde a surpresa era só o início.

A Lua estava cheia, amarela e linda. Olhei o relógio. Não passava das onze. Procurei pelo livro que tinha trazido na bagagem de mão. A história me manteve acordada e entretida, até o sono ganhar da leitura e me fazer capotar com o exemplar no colo. Dormi durante mais da metade do voo, que durou cerca de dez horas e meia.

Acordei com o burburinho das conversas à minha frente. Sorte ou azar, os dois bancos ao meu lado estavam vazios. Melhor assim. Tomei o projeto de café da manhã do serviço de bordo e gastei mais algumas horas com o livro. E como turbulência me dá medo. O pouso foi tranquilo. A voz da comissária agradeceu minha preferência e afirmou que era um prazer servir-me. Como era para qualquer um em qualquer outro voo. Desci as escadas e parti na caça às malas. Cercada por vozes com sotaque esquisito e britânico, encontrei minha tia no aeroporto com os óculos redondos estilo John Lennon de sempre e as calças coral de nunca. E, ah, a blusa branca de *chiffon* que ela só pôde recuperar quando atacou meu armário em sua última visita. Ela estava de costas, mexendo no celular. Pulei nas suas costas, como fazia quando eu era só uma criança e ela, pouco mais do que uma adolescente.

– Ooooooi! – gritei.

Carrie murmurou alguma coisa parecida com "e aí?" e me tirou de cima dela.

– Menina, você não acha que está meio grande e eu meio velha para essas coisas? – Ela curvou as costas para a frente, se alongando.

Eu sorri. Faltava alguém.

– Cadê meu filho?

– Seu filho? Mal roubou minha casa e já quer meu cachorro?

– Quando você vai admitir que ele gosta mais de mim? – perguntei.

– Quando você vai parar de se iludir, Erin? – Ela colocou o braço por cima de meus ombros. – Ai ai, e então? Está preparada para viver intensamente no ritmo de Carrie?

Balancei a cabeça negativamente.

– Nesse caso, é bom aprender rápido – minha tia disse.

Londres não era nada do que eu esperava. Quando cheguei, fazia sol, e o céu sem nuvens me conquistou de cara. O iPhone de Carrie vibrava de dez em dez minutos, enquanto os dois outros celulares tocavam repetidamente. Parecia ser importante. Ela atendia e ficava pulando de linha em linha, até que se irritou e desligou todos os telefones.

– Ok, turista. Vamos ao apartamento deixar as malas e depois vou levá-la para conhecer Londres de ponta a ponta. Vai ter que se virar sozinha aqui, querida, então hoje será seu último dia como visitante. Amanhã você será uma cidadã londrina.

Carrie havia exigido que eu pesquisasse sobre os pontos turísticos da cidade. Isso era ótimo porque, se ela mesma fosse me explicar, nós duas nos perderíamos nos gestos atrapalhados e na explicação enrolada da minha tia.

Passamos por muitas ruelas até chegar às margens do Tâmisa. A Tower Bridge é incrível e a London Eye é um sonho, sem mais. E, estando na terra da rainha, eu desejava muito conhecer todos os castelos. Me imaginei com Amy, Trisha e Emma na Oxford Street fazendo compras feito loucas. A saudade me tirou do ar por algum tempo, até que o carro parou. Estávamos em frente a um edifício alto, pérola, com grandes janelas de vidro azulado. Eu não tinha ideia de como havíamos chegado ali. *Droga, devia ter prestado mais atenção ao trajeto.* De qualquer maneira, o saguão era bem iluminado e mobiliado com sofás marrons. No caminho do elevador, vi duas piscinas e uma quadra. Carrie me conduziu até o apartamento 1201, bloco B.

– Bem-vinda à sua nova casa, Erin.

Ela abriu a porta e eu abri a boca. A sala dela era três vezes maior que a minha. Os sofás, de tecido clarinho, sem uma mancha sequer. As janelinhas azuis que eu havia visto eram, na verdade, janelonas de pelo menos dois metros. Havia também uma varanda ampla, onde Carrie tomava café todas as manhãs, com uma mesa e quatro cadeiras, além de algumas plantas e uma *chaise* macia. Larguei as malas ali mesmo e segui Carrie a uma porta fechada no fim do corredor. Ela fez uma cara de suspense e quase me matou de ansiedade. Eu sabia o que era, eu sabia, eu sabia. Mas *como* era é que eu estava louca para saber.

Me deparei com uma cama *king size* lotada de travesseiros, acompanhada por um criado-mudo de cada lado. As janelas eram iguais às da sala, ornamentadas com cortinas brancas. Eu também tinha uma varanda e um lustre magnífico acima da minha cabeça.

– Carrie, eu nem sei o que dizer.

– Diga obrigada e já é suficiente, mas espere um pouco mais antes de dizer.

Ela apontou para o espelho. Ele tinha uma maçaneta. Eu a girei. O espelho era, na verdade, a porta de um banheiro que superava qualquer expectativa. A banheira, a ducha e o que eu descobri, mais tarde, ser um sistema de som, em que eu selecionava uma *playlist* e podia escutar música durante o banho. Saí de lá e descobri que Carrie havia sumido.

– Carrie?

– Aqui. Ela gritou de algum lugar. O som parecia ter vindo do armário. Ela só podia ter pirado de vez.

Abri as duas portas e nada de Carrie. Minutos depois, eu e toda a minha lerdeza achamos três travas na parte inferior do armário. Travas destravadas e eu pude deslizar a porta do esconderijo de Carrie. Meu closet. Uma série de móveis em cada lado do cômodo, intercalados por três pequenas gavetas embutidas nas paredes. No fundo do quarto, um armário poderia abrigar sapatos e acessórios sem sufoco. Caso eu me cansasse de olhar tanta beleza, poderia me sentar na *chaise* vermelha que Carrie ocupava no momento. Houve um instante de silêncio antes que ela falasse:

– Pode dizer.

– Obrigada! – gritei, pulando em cima dela.

– Tá bom, tá bom. Isso não é nada demais comparado ao meu quarto – ela disse, rindo. – Agora... – Ela me puxou. – Eu preciso te ensinar a andar aqui.

Fizemos um tour por toda Londres. Big Ben, London Eye, Museu Britânico, Trafalgar Square e todas as ruas, avenidas, bairros e praças escondidas da cidade. Tudo o que eu precisava saber e Carrie precisava (tentar) explicar. Essa coisa de ser meio enrolada em explicações deve ser de família. Ainda assim, eu realmente consegui me localizar com facilidade.

– O ateliê e o escritório ficam na Baker Street, em West End, onde eu tenho uma loja. E tem uma na Oxford Street e outra na New Bond Street.

Passamos o dia percorrendo a cidade e só chegamos em casa ao anoitecer.

– Para provar que a casa também é sua, vou te mandar pra cozinha.

Eu faria o jantar. Ela merecia. Abri a geladeira e catei ingredientes em todos os armários. Salada e filé. Moí algumas nozes, acrescentei leite condensado e manteiga e coloquei a mistura no micro-ondas. Jantar e sobremesa feitos e devorados, conversamos até eu lembrar que tinha outra casa, do outro lado do planeta. Falei com meus pais pelo Skype e aí Carrie começou a falar de cinema. Colocou *O turista* no DVD player, assisti a metade do filme com ela e fui dormir.

§ § §

Carrie me acordou com uma buzina. Às 7h30.
— Tsc, tsc, Erin. Atrasada.
— Atrasada?
— Escola.
Pulei da cama. E me lembrei de que estava de férias, e que era sábado.
— Mas...
Ela bem sabia que eu cresci acostumada a não me atrasar para a escola. Coisas da minha mãe. Então, ela estava rindo da minha cara, como havia feito diversas vezes nas últimas vinte e quatro horas.
— Nós vamos à academia.
— Nós?
— É. O café está servido na cozinha, pode ir se arrumando. Não coma demais, não faz bem ao organismo.
— Posso voltar pra cama?
— Querida, eu sei que é sua última semana de férias. Segunda que vem você começa a sua rotina. Academia de 6h30 às 7h00, escola das 8h00 às 15h00, estágio na grife das 16h00 às 19h00, e o resto do dia, ou melhor, da noite, é destinado a compromissos, sejam eles particulares, seus, ou sociais, da grife, ou melhor, meus. A minha assistente vai comprar seus livros hoje mesmo. A empregada, Jenna, só vem de segunda a sexta, e, a cada quinze dias, de segunda a domingo. Às vezes

temos eventos no apartamento, uma ou outra festa, que costumam durar até tarde, então quando eu disser que sim, você pode fazer o que quiser até a hora de dormir, que é no máximo onze horas. Mas hoje eu preciso de companhia na academia e eu não vou te dar moleza não. Você vai ver como é muito mais fácil engordar fora da nossa casa do que dentro dela. Alguma pergunta?

– Posso tomar café?

– Claro.

Na cozinha eu encontrei suco de laranja, torrada, ovos mexidos e geleia. Ela levava a sério esse negócio de não dar moleza.

§ § §

Na academia, eu entendi por que ela preferia o horário incômodo. Porque ele é incômodo. E ninguém vai à academia às sete da manhã. Ou melhor, quase ninguém. Passei o resto da manhã no ócio. Carrie saiu para escolher uns tecidos com um correspondente indiano no ateliê, mas exigiu que eu estivesse pronta para rodar o West End de Londres a pé. A Oxford Street não ia segurar as peças mais bonitas para mim.

Eu ainda não acreditava que me revoltara tanto para sair da Califórnia. Nem que ia fazer compras com o cartão da minha tia. Na Oxford Street. E ia fazer estágio em uma das maiores grifes do momento. Podia exigir um beliscão do primeiro que me aparecesse, mas preferia continuar sonhando.

Naquela mesma tarde, Carrie me levou ao ateliê. Eu trabalharia como estagiária por algum tempo e assim que pudesse – logo, eu esperava – me tornaria uma *stylist* da grife Carrie's.

O ateliê não era enorme, mas era grande o suficiente para cada um ter seu próprio espaço e conseguir desenvolver sua criatividade nos milhões de projetos em que todos pareciam estar imersos. Ficava no último andar de um prédio novo no bairro. Carrie tinha inúmeras secretárias, assistentes e ajudantes que corriam de um lado para o outro com amostras de tecidos, croquis e contratos. Havia dois estagiários além de mim, Aaron e Elizabeth. Lá os telefones não sabiam fazer silêncio e as pessoas não sabiam ficar paradas.

– Ah… Cansei. – Carrie se jogou na poltrona de sua sala. – Pessoal – ela disse em algo parecido com um microfone e sua voz se propagou por todo o escritório, por meio de caixas de som –, reunião na minha sala. Agora!

Enquanto a equipe ia chegando, estranhando minha presença e esperando alguma ordem da minha tia. Quando todos os funcionários começaram a entrar na sala, ela corrigiu a postura e se sentou ereta.

– Muito bem, suponho que todos estejam aqui. Essa é minha sobrinha Erin. – Ela se apoiou em um ombro meu. – Ela será estagiária aqui, quero que a recebam como parte da família.

Depois de muitos apertos de mão e abraços, Carrie me largou na sala dos estagiários. Aaron e Elizabeth me explicaram como funcionavam as coisas por ali. A sala que dividíamos tinha uma veneziana branca, três mesas com poltronas coloridas e confortáveis, e paredes brancas, cheias de fotos, murais e quadros. Logo eu já estava trabalhando. Era bem difícil, mas estava aprendendo. Arquivei alguns contratos, liguei para alguns fornecedores confirmando os inúmeros pedidos de Carrie, organizei as infinitas amostras dos tecidos da coleção de inverno que uma assistente desleixada largou em cima do sofá da recepção e, quando achei que não tinha mais nada para fazer, comecei a desenhar croquis que – modéstia à parte – poderiam servir muito bem para a coleção de verão na qual minha tia vinha trabalhando (e se descabelando).

Fui pega de surpresa quando alguém puxou os desenhos da minha mão.

– Vão para a coleção.

Meu queixo foi ao chão. *Assim, fácil?*

– Claro que precisa de um ou outro ajuste, mas está sensacional. Parabéns, querida.

Carrie observava os croquis com atenção. Eu não podia acreditar no que ela tinha acabado de dizer. Nem podia perguntar se era sério. Ela acabara de deixar a sala e se trancar no escritório.

– Ela faz isso sempre? – perguntei a Elizabeth.

– Faz. Na verdade, nós fazemos só um pouco do trabalho dela, então ela está sempre ocupada. Quando vê algum bom desenho, alguma boa ideia para o ambiente dos desfiles, quando gosta de alguma música que estamos escutando, ela agrega isso aos projetos e nos dá o devido crédito. Além das trezentas libras que nós ganhamos pelo estágio por mês, claro.

Oi? Eu nunca tinha ganhado tanto dinheiro de uma vez só.

– Já disse que as portas e paredes têm isolamento acústico? – Dizendo isso, Aaron ligou o MP3 player a uma caixa de som e colocou a música no último volume.

Era impressionante como tudo ali tinha cara de diversão. Trabalhar com o que se gosta nem sempre é perfeito, mas lá era. Moda era uma das coisas em que eu mais gostaria de trabalhar. Era importante e divertido! Quer dizer, claro que, por trás de todo o glamour que os consumidores enxergam, há um trabalho árduo. O preço de uma peça não é uma simples forma de extorquir o consumidor, o que também acontece, mas também representa o tempo e o trabalho de quem contribuiu para que essa peça e tantas outras chegassem ao mercado.

– O que mais nós temos que fazer? – perguntei, depois de terminar o último desenho.

– Sua tia quer que a decoração do desfile de verão seja por nossa conta. Então, vamos pensar em alguma coisa. Ela quer isso pronto para terça-feira. E se você ainda estiver perdida, nós temos quarenta e oito horas.

4

Naquela noite, Carrie me levou para uma festinha na casa de uma amiga. "Festinha", na descrição dela: duzentas pessoas numa casa de três andares, três salas e três ambientes de jardim. Festinha.

Não vou negar que me arrumar naquela suíte/closet não era lá nenhum sacrifício. Escolhi um vestido de renda e paetês pretos, e um *peep-toe* enorme vinho. Vamos combinar que a comida da *high society* londrina não era tão ruim assim e Carrie teria grandes motivos para me obrigar a ir para a academia todo santo dia caso me levasse mais a festas como essa. Ela me apresentava a todo mundo que a cumprimentava. Aliás, ela fazia isso em qualquer lugar.

Fui sufocada por todos os abraços e beijos na bochecha e resolvi me refugiar numa parte afastada do jardim. Diversas vezes achei ter visto rostos conhecidos em meio à multidão dançante, mas olhar duas vezes era o bastante para perceber que eu estava errada. Mas tinha um rosto muito peculiar, que eu jamais confundiria. E foi esse o rosto que eu vi se aproximar de mim, sentar-se em um dos sofás que estavam espalhados pelo jardim e olhar para a Lua como se observasse uma amiga de longa data. Não pensei duas vezes antes de me levantar e conferir se meus olhos estavam me enganando.

– Scott?

Silêncio.

– Não adianta negar. Eu sei que é você.

– Erin Harrison – ele riu –, como você chegou até aqui?

– Eu é que te pergunto. O que um lobisomem mal-humorado faz numa festa abarrotada de estilistas esquisitos, modelos bêbadas e música alta? Pensei que vocês preferissem o conforto de uma floresta qualquer.

– Este lobisomem tem uma mãe dona de uma agência de modelos. E veio obrigado. Já respondi. Sua vez. O que você faz do outro lado do planeta?

Depois de uns bons vinte minutos de conversa, eu já havia explicado as razões e as pessoas que me levaram àquela festa.

– Então é aqui que vocês se escondem? Londres. Bela cidade, nublada e misteriosa.

– Digna de um mistério de Sherlock Holmes.

– Eu vivo e trabalho na Baker Street.

– Número 221 B?

– Quase, 1201 B. – Parei para pensar por alguns instantes. – Ninguém nunca desconfiou de vocês?

– Algumas vezes, mas nada que não pudesse ser resolvido. Na verdade, eu ia viajar amanhã para a Califórnia. Mas você me encontrou antes.

– Então precisava falar comigo?

– Sim – ele suspirou. – Erin, você vai ter que conhecer a matilha. Isso inclui parte da minha família e alguns amigos meus.

Para quê, meu Deus? Para quê?

– Por quê?

– Porque eles não sabiam da sua existência e, agora que descobriram o que Horus fez com sua avó, querem conhecer a garota que me fez viajar para o outro lado do planeta sem mais nem menos.

– Espera aí, eu não fiz você viajar, não. Eu nem sequer te conhecia. Se você não se deu conta ainda, eu nem pretendia me envolver com lobisomens britânicos que aparecem de surpresa na casa das pessoas, Scott.

– Tudo bem, me desculpe. Mas você é minha amiga, eu realmente quero que você jante conosco.

– E quem me garante que eu não vou ser o jantar?

– Eu garanto, Erin. Eu juro que não vai te acontecer nada.

– Você, meu amigo, está pedindo que eu me encontre com o assassino da minha avó. Você deve ter batido a cabeça antes de vir para cá.

– Erin, por favor. Você não confia em mim?

– Considerando que esta é a segunda vez que eu te vejo...

– Tudo bem, mas como eu posso construir amizade e confiança com você se você mal me dá oportunidade para fazê-lo?

Revirei os olhos.

– Ahn... Tudo bem. Quando vocês vão se reunir?

– Semana que vem. Eu te ligo para dizer a hora e o lugar. Me passa seu número.

Enquanto eu digitava o número no celular de Scott, ouvi alguém gritando meu nome ali perto.

– Erin! – Virei a cabeça em direção à voz distante. – A gente já vai.

Minha tia já estava entrando no carro. Era hora de ir.

§ § §

Nos dias seguintes, tudo correu normalmente. De manhã, fui à academia religiosamente às sete da manhã. Coisa que eu sei que já disse antes, mas que se tornou absurdamente necessária devido às *festinhas* a que minha tia me levava. Depois fazia uma maratona de ócio, desde o computador até a televisão, passando pelo Xbox que minha mãe mandara pelo correio.

E foi numa dessas maratonas que eu quase quebrei o pé. Estava dançando em frente ao Kinect quando recebi uma mensagem no meu celular, que estava no meu quarto. Corri para ler, não notei que o chão estava molhado, caí de costas no chão e bati o pé contra a quina do armário. Jenna correu para ver se eu estava bem, pegou uma bolsa de gelo e me obrigou a ficar deitada na cama. Quando finalmente me lembrei do celular, li a seguinte mensagem:

"Erin, não se esqueça de que a decoração é para hoje, a parte final ficou por sua conta. Mandei a minha parte e a do Aaron para o seu e-mail. Reunião às 15h00 da quinta-feira com os patrocinadores. Carrie exigiu nossa presença lá. – Liza."

Quase caí da cama. Abri o e-mail que Elizabeth havia me enviado. Ela e Aaron faziam as seguintes exigências: minimalismo (que Aaron justificou dizendo que traria mais destaque ao colorido da coleção), os arranjos de flores do salão seriam vermelhos, e as músicas que seriam tocadas eram as de uma *playlist* que nós havíamos montado há alguns dias.

Em resumo, eu precisava somente escolher mais algumas coisas e juntar a todo o resto. O que era muita coisa e, com certeza, armação da Carrie. Comecei a desenhar o espaço, incluí passarela preta, paredes brancas e cadeiras pretas. Os arranjos de flores vermelhas e brancas se destacavam nas mesas, e velas suspensas pelo salão contrastavam com os mini-holofotes da passarela e as cortinas marfim. Quando terminei tudo já passava da hora do almoço.

§ § §

Depois da reunião, Carrie pediu que eu e Elizabeth fôssemos à agência de modelos e escolhêssemos metade das meninas que iriam desfilar, o que Liza nomeou como "missão suicida", já que, se fizéssemos alguma coisa errada, era do nosso salário que sairia o preço.

Depois de termos visto todas andando de um lado para outro, parando e posando, escolhemos umas quinze meninas (loiras, morenas, ruivas, negras e asiáticas, segundo as instruções da minha ocupadíssima e festeira tia). Estava indo embora quando ouvi alguém me chamar.

– Scott? O que você está fazendo aqui?

– Minha mãe é a dona da agência, aí eu sempre acabo passando por aqui. Escuta, hoje vai acontecer aquele jantar que eu mencionei antes, quem sabe você não passa por lá? Seria bom você conhecer o bando.

Antes que eu pudesse contestar ou inventar qualquer desculpa, ele completou:

– Nenhum deles vai te atacar, eu prometo.

Desde quando eu confiava tão cegamente em estranhos? Ok, Scott não me era tão estranho assim. Um momento de coragem pode mudar tudo. Talvez não tenha sido coragem, mas sim loucura, que me moveu a aceitar aquele convite tão inusitado. Aquelas pessoas eram diferentes e perigosas, mas eram o verdadeiro resquício de alguém que eu amava imensamente, mas não conhecia por inteiro. Então me decidi. Eu iria e, se algo saísse do controle, sairia correndo. Da agência, fui direto para casa. Escolhi uma blusinha com estampa de elefantes e um cardigã creme. Um batom vai bem. O perfume novo também. Bolsa. Chave. Bicicleta.

5

Toquei a campainha ao lado da porta de mogno. Scott a abriu com um sorriso e me levou para dentro. Havia cerca de dez pessoas sentadas nos sofás e *chaises* da sala. Eu pensei que minha presença seria uma surpresa, mas na realidade esperavam por mim. Comecei a procurar rotas de fuga com os olhos, tamanho era meu desespero. Aceitar o convite havia sido uma péssima ideia. Péssima ideia.

– Erin, esses são Luke, Peter, Kira, Ann, Blair, Will, Lucy, Hanna, Marc, Horus...

E depois eu não ouvi mais nada. Já estava muito tonta, a raiva me consumia, o sangue estava fervendo, meu coração parecia ter subido à boca. Era ele, afinal... Horus. O assassino da minha avó. Realmente, aquela visita tinha sido uma péssima ideia. Eu não iria bancar a boazinha *meeesmo*. Horus era o imprestável que havia tirado a vida de uma das pessoas que eu mais amava no mundo.

Quando dei por mim, já havia marchado em sua direção e estava prestes a enforcá-lo. Mas resolvi que antes precisava dizer algumas coisas.

– Confesso que quase não aceitei o convite. Mas eu corro alguns riscos quando eles valem a pena. Eu só queria lhe avisar, seu desgraçado, que as coisas podem não sair à minha maneira. Mas eu vou conseguir justiça de um jeito ou de outro.

Horus ficou em silêncio por alguns segundos e disse, sorrindo ironicamente:

– Eu realmente gostaria de vê-la tentando. Mas seja realista, você está fadada ao fracasso. A sua justiça, garota, não vai funcionar bem aqui.

A raiva era imensa, e o desejo de socá-lo, também. E é óbvio que a agressão não ficou só na vontade.

Todos já tentavam apartar a briga. Eu já o havia irritado o suficiente quando ele deu um rugido. No susto, caí e bati o ombro na mesa de centro. *Muito bem, Erin, bata no lobisomem que assassinou a sua avó quando ele está cercado de amiguinhos que ainda não jantaram.*

– Horus, não faça isso com ela – uma mulher esguia e bonita o repreendeu.

Ela se virou para mim.

– Você está bem, querida?

– Sim.

– Já esperava essa reação, eu teria feito o mesmo. Meu nome é Olive, sou esposa de Horus – ela adiantou as apresentações. – Sua avó era uma grande amiga minha. É uma perda lamentável. Tem certeza de que está tudo bem?

Fiz que sim com a cabeça.

– Se você gostava tanto assim da minha avó, por que continua casada com o assassino dela?

– É complicado. Na época, Horus se mostrou arrependido e eu o perdoei. Mas assim que ele descobriu sobre você, a postura dele mudou muito. Eu cogitaria o divórcio, mas é tão difícil.

Ela só podia ser louca. Morar com um assassino é realmente uma ótima ideia. Afastei o cabelo do rosto e sequei as lágrimas que caíam. Scott veio em minha direção e me abraçou.

– Vai ser difícil, mas se você não fizer isso, pode ser pior. Por favor, não vá embora – ele sussurrou no meu ouvido. – Conte comigo, tá?

Mais uma vez, concordei.

– Vamos jantar? – Scott disse em voz alta, conduzindo todos para a sala de jantar.

Fui levada até uma mesa comprida, onde todos se acomodaram. Fiquei entre Olive e Scott. Eu precisava ficar bem, já que não pretendia descobrir como poderia ser pior, como Scott havia dito. Recuperei a compostura e me achei cada vez mais louca por me envolver com aquela história.

– Então, Erin, o que você achou da cidade? – Luke questionou.

– Encantadora.

– A sua avó alguma vez falou de nós? – Horus perguntou.

– Não – respondi, seca.

Por um bom tempo, me desviei das perguntas. Não era que eu não gostasse de estar ali, a maioria deles era muito gentil, me tratavam muito bem. Mas também não era como se eu pudesse ficar, afinal de contas eu não sabia se sequer podia confiar em Scott. No entanto, uma das perguntas foi direta:

– Você gostaria de ser uma loba?

Um silêncio pesado se instalou, não somente na mesa, mas na casa toda. Não parecia soar mais música do iPhone conectado à caixa de som, nem parecia que a televisão estava ligada. Tudo parou. Não imaginei que teria que me preocupar com uma coisa dessas. Não respondi nada, então ele continuou:

– Sua avó morreu por isso. Não a deixou escolher. Escolha.

– Eu acho que você não entendeu que eu não estou interessada em fazer escolha alguma.

Horus me provocava, me confundia, queria que eu pensasse que matou minha avó pelo meu bem, para que eu pudesse escolher, como se meu destino já estivesse traçado. Por ele.

– Vou contar-lhe um segredo. Nunca a nossa história foi contada direito. Filmes nos retratam como lobos pequenos e ciumentos. Histórias nos colocam como vilões e põem magia onde nunca houve. Mas tudo bem, porque essas distorções nos mantêm em segurança. A versão de verdade é esta: os lobisomens surgiram em um laboratório, em 1746, na Grã-Bretanha. Henry MacLaine, antes ferreiro e na época cientista, fazia testes para um remédio contra a tuberculose com sangue de animais que caçara. Não existiam muitos recursos para criar medicamentos. As coisas deram errado e ele acabou derrubando o frasco com a mistura feita do sangue de um lobo. Na tentativa de limpar a bagunça que fizera, acabou se cortando e se contaminando com a mistura. Ao longo da semana, foi notando que estava diferente. Na noite de lua cheia, a mutação se consolidou. Ele entendeu que havia se tornado uma aberração. Trancou-se no laboratório e desenvolveu um antídoto baseado nas fases da Lua, mas não conseguiu desfazer a mutação por completo. Henry passou a ser lobo apenas nas noites de lua cheia. Aos poucos, ele conseguiu decidir quando ser "mutante". Por isso, os lobisomens são conhecidos como filhos da Lua. Não somos monstros, fomos mutados. Alguns por vontade própria, outros não.

– Então por que vale a pena ser lobo? – desafiei.

Recebi inúmeras respostas.

– Somos rápidos.

– Fortes.

– Inteligentes.

– Temos boa visão.

Eles se entreolhavam, buscando apoio em novos argumentos.

– Bom faro.

– Boa audição.

Eles continuaram desfiando qualidades, enquanto eu pensava na vovó. Ela morrera para que eu não vivesse aquilo. Por quê? Minha mãe e minha tia não sabiam disso. E no que dependesse de mim, seria segredo até o fim. Fosse ele qual fosse.

– Deve-se ter um preço a pagar – eu disse. – Não pode ser tão bom assim.

– Você tem que se isolar nas noites de lua cheia, senão, quando a luz atingir as células da sua pele... Você sabe.

– E precisa aprender a se controlar.

Todos me encararam, esperando que tivessem me convencido.

– Eu não posso decidir isso agora.

§ § §

Minha despedida não contou com abraços ou contatos físicos do gênero. Eu não era amiguinha daquele bando de gente esquisita. Achava que era amiga de Scott, mas estava com muita raiva dele para conseguir abraçá-lo.

Ele me levou até o portão da casa, me ofereceu carona, disse que já estava tarde, mas eu recusei veementemente.

– Muito obrigada por me trazer aqui – disse. – Como se minha vida já não estivesse complicada o bastante, agora vou ter uma matilha de lobos na minha cola, me pressionando a virar um deles. Parabéns, Scott, sua amizade realmente vale ouro!

– Erin, eu não te trouxe aqui por isso, você sabe muito bem! Eu pensei que você quisesse saber mais sobre sua avó e prometi que não deixaria nada lhe acontecer. Ninguém te machucou, eu cumpri com minha promessa. A questão é que você tem algo a decidir e só você pode fazê-lo, então me desculpe se eles estão te pressionando. Não vou negar que seria incrível se você fosse uma de nós, mas também não vou te obrigar a fazer parte disso.

– Tá.

Um monossilábico e sonoro "tá".

– Tem certeza de que não quer que eu te leve?

– Tenho.

Com um abraço, me despedi. Subi na bicicleta e desapareci na esquina seguinte.

§ § §

Naquela noite, praticamente não dormi. Carrie já estava apagada quando eu cheguei, o que era raro. Ela trabalhou o dia inteiro no escritório. Fui direto para o quarto. Fiquei fritando de um lado para o outro da cama, sem conseguir dormir. Os pensamentos me mantinham acordada. Se Horus matou minha avó para que eu me tornasse uma loba, seria possível que ele matasse qualquer um que aparecesse no caminho? Seria possível que ele me matasse? Ele não surtou quando eu praticamente o enforquei, então quem sabe ele não teria um plano? E quando o colocaria em prática? Eu deveria me tornar uma deles? Tantas perguntas… Minha cabeça girava. Adormeci sem perceber, cansada de pensar a respeito das loucuras que vinham acontecendo na minha vida.

§ § §

Na manhã seguinte, fui até o escritório logo cedo. E já havia uma pilha de papéis para organizar, catalogar, dez croquis que eu deveria desenhar e entregar até o fim do dia, uma lista de telefonemas que eu deveria fazer. Elizabeth chegou com três cafés da Starbucks, me entregou um deles e se jogou na cadeira. Aaron chegou logo depois, anunciando que um terço do Style Guide estava por nossa conta. Passamos a manhã desenhando, telefonando, escolhendo cores e estampas, organizando, catalogando, enquanto Carrie estava pela cidade fazendo as mesmas coisas em um nível mais elevado e com o dobro de problemas para resolver.

Meu celular toca. Mensagem.

"Decidiu? Seria bom ter você por aqui. É divertido ser assim. Na maior parte do tempo." – Scott.

Resolvi responder:

"Será que vale a pena?"

Ele também:

"Só se você achar que vale. Quero dizer, você está fazendo o que ama agora?"

Passei os olhos por toda a sala. Toda bagunçada, cheia de papelada, contratos, desenhos, tecidos, copos de café vazios, quadros tortos e toda a sorte de coisas esquisitas e perdidas por todo canto.

"Sim."

"Está fazendo tudo o que ama *agora*? Você se conhece tão bem a ponto de saber que não ama coisas que nem experimentou?"

"Não. Mas se eu escolher ser igual a você e me arrepender, não vai ter volta. Tudo tem seu preço."

"Então vamos combinar assim: você vai passar três dias conosco e ver como é. Se quiser ser uma de nós, você se torna uma de nós, se não quiser, não precisa nem mais responder minhas mensagens."

Demorei uma eternidade para responder e o enchi de desculpas. Eu estava me envolvendo na maior maluquice da minha vida e tinha consciência do tamanho da enrascada que aquilo representava. O perigo batia à porta e eu estava praticamente entregando a chave da casa. Mas o medo de ser perseguida depois e de me arrepender de ter dito "não" era algo que me confundia. Eu estava curiosa, confesso.

"Não sei. Tem o trabalho, a escola volta semana que vem, é o último ano. Vou ver o que dá para fazer."

– Erin – Aaron me chamou. – Você pode, por favor, terminar esse croqui antes do almoço? Tipo assim, em dez minutos?

Dez minutos depois eu ainda estava decidindo o que desenhar. Elizabeth e Aaron saíram para o almoço e eu fiquei no escritório, adiantando o máximo de coisas possível para tentar conseguir tirar três dias seguidos de folga.

Carrie chegou uma hora depois.

– Oi. O que ainda está fazendo aqui a essa hora? Não deveria estar almoçando?

– É que eu estava adiantando umas coisas – engasguei. – Será que você poderia me dar uns três dias de folga?

– Três? Para quê, moça?

– Por favor!

Ela deu uma olhada no que eu havia feito.

– Mas o que você adiantou não cobre isso tudo, Erin. E por que você precisa de folga?

Eu havia descoberto que Olive era uma grande amiga da família, logo nada mais conveniente do que colocá-la no meio da explicação.

– Porque a Olive me pediu para passar uns dias na casa dela. Ela diz que eu tenho que virar uma inglesa legítima e que eu ando meio aérea, sozinha. Sei lá, Carrie, ela quer que eu passe uns dias por lá... Eu vou passar a tarde aqui, vou cobrir o máximo que puder. Passa aqui por volta das seis, olha e vê o que dá para cobrir. Por favor!

– Está bem, mas antes pede pelo menos alguma coisa para comer. Desmaiada não dá para fazer nada.

Como é bom ter uma responsável tão liberal quanto minha tia! Mas eu sempre fiz por onde para merecer essa liberdade... Ri sozinha. Liguei para um restaurante pelo catálogo da recepção. Depois de uma meia hora, Regina, a secretária, me trouxe o pacote. Por incrível que pareça, havia cada vez mais coisas para fazer. Me lembrou daquelas caixas que vêm com outra caixa dentro que vem com outra caixa dentro que vem com outra caixa dentro... A diferença é que uma hora as caixas acabavam, mas meu trabalho parecia não ter fim.

O relógio já dizia ser 16h30, mas na minha cabeça já eram umas 19h00. Liza e Aaron foram resolver algumas coisas em City, a parte de Londres onde fica a maior parte dos escritórios e, consequentemente, nossos fornecedores. Seis horas. Sala arrumada, tudo resolvido e o trabalho dos próximos três dias estava em cima da mesa de Carrie.

– Dá para cobrir os três dias. – Ela suspirou.

– Muito, muito, muito obrigada! – disse, abraçando-a.

Chegando em casa, tomei um banho e mandei uma mensagem para Scott: "Passo aí às dez da manhã."

6

E às dez eu estava na frente da porta de mogno, cercada por videiras. O dia foi passando e eu nem vi. A vida deles era normal, quase sempre. Eu ouvi infinitas histórias, vi que jogar vôlei com a força que um lobo tem é bem mais fácil, acabei gostando de estar ali. Com exceção da vontade de torcer o pescoço de Horus, eu estava tranquila. Se tivesse oportunidade e força, já o teria espancado. Pela primeira vez desde que tinha chegado a Londres, eu me vi tão inglesa, tão parte daquilo, daquele lugar. Olive, a mãe de Scott, também era loba.

Ela e Horus se conheceram na Oxford Street, enquanto ela fazia compras. Ele fazia entregas de bicicleta e um dia, andando distraído, atropelou Olive. Irritada, xingando até a quinta geração de Horus, levantou-se, agitando a barra da saia, suja de poeira. Horus pediu desculpas e conseguiu convencê-la a almoçar com ele. Viúva há quase três anos, com um filho adolescente, Olive recusou a carona até em casa. Disse que tinha duas pernas e sabia se virar.

As coisas mudaram quando os segredos foram desvendados. No Réveillon do mesmo ano, Olive deixou o filho na casa dos avós e foi para Brighton. Era a primeira vez em muitos anos em que ela viajava sozinha. Na praia em frente ao hotel, acontecia uma festa. Olive arrumou companhias rapidamente, e logo estava conversando com Jean, um empresário que fugia da rotina em Brighton. Conversaram bastante e dali a pouco estavam andando sozinhos na praia. Olive percebeu que já haviam alcançado uma parte vazia do litoral e sugeriu que retornassem, mas Jean insistiu que continuassem a andar por ali.

Então, Olive se deu conta de que aquela situação poderia se tornar perigosa. Já estavam muito longe do hotel e não havia ninguém ali. Ela estava à mercê de um homem desconhecido. E agora? Olive optou pela primeira coisa que lhe veio à mente: disparou a correr. Se Jean fosse perigoso, correria atrás dela. Se não, chamaria por ela, pois entenderia que ela se vira numa situação de risco. Infelizmente, ele foi atrás dela e a alcançou bem rápido. Olive caiu no chão.

Quando olhou para cima, o que a segurava não era mais um homem, mas um lobo. Ela conseguiu se desvencilhar, mas ele mordeu sua perna com força e Olive caiu novamente. Podia ver as pedrinhas cheias de sangue, que também escorria de sua testa, pois bateu a cabeça. De repente, um vulto passou correndo por ela e voou na direção de Jean. A dor fez com que ela fechasse os olhos. A figura que se parecia com o lobo logo o espantou. Olive deu de cara com um rosto conhecido. Horus. Ele a ajudou a cuidar da ferida e lhe explicou sua história e a dos lobisomens, que de enfeitada só tinha fama.

Um ano depois estava casada com um lobisomem, com um filho lobisomem, vedando portas e janelas nas noites de lua cheia, virando loba se esquecesse alguma janela descoberta. De TPM então, não precisava nem da Lua, virava bicho por qualquer "oi" mal interpretado. Conheceram Lily, minha avó, alguns meses depois, e viraram seus melhores amigos.

Kira, Blair e Lucy foram se tornando minhas amigas nos três dias que passei lá. Hanna ainda relutava um pouco em falar comigo. Era perceptível que ela não gostava muito de mim. Luke e Peter eram os mais palhaços e não hesitavam em fazer piada, também se tornaram meus amigos. Olive mantinha Horus longe de mim, porque bastava uma palavra para começarmos a brigar. Eu não me metia a enfrentá-lo fisicamente, pois era um embate que eu não poderia ganhar.

É estranha a maneira como consegui manter a calma mesmo dormindo na mesma casa que Horus. Eu sabia que não estava em posição para atacá-lo, devido à força que ele tinha e o ambiente no qual nos encontrávamos. No entanto, eu sabia que a hora de fazer justiça chegaria. Eu só precisava esperar.

§ § §

Na semana seguinte as aulas voltaram, já era o segundo semestre. Todos já se conheciam, e eu estava mais perdida que cego em tiroteio. Já fazia um tempo que eu estava na Inglaterra, então não estranhava tanto o sotaque. Dizem que escola é sempre igual, só muda de endereço. Tem os nerds, os esquisitos, os populares e suas subclasses: atletas, patricinhas, amigas das patricinhas, os sem noção e os babacas. E tem sempre os que não se encaixam em nenhum dos rótulos. Eu era um deles.

A escola era legal, eu admito. Consegui fazer amigos com facilidade e me dava bem na maior parte das matérias. Logo que cheguei, percebi que as pessoas que se tornaram meus amigos eram sempre motivo de piada vinda de um trio patético.

Julie, Evelyn e Lauren eram as garotas mais conhecidas da escola, e quem mexesse com elas estava realmente caçando confusão.

Eu sempre tive um gênio forte e de primeira enfrentei as três, deixando bem claro que não ia ser uma presa fácil. Mesmo assim, elas não perdiam uma oportunidade sequer de me alfinetar. Eu já estava me irritando.

Houve um episódio em específico que me fez perder as estribeiras. Estava na Educação Física e a roupa que eu usava no dia deixava à mostra uma das cicatrizes que restaram dos cortes que adquiri na luta contra Horus, no dia em que ele invadiu a casa de minha avó. Eu já não me importava tanto com aquela marca, por não ser tão chamativa assim. Mas sempre haverá alguém para estragar as coisas. Eu não vi quando aconteceu, mas Julie tirou uma foto da cicatriz – que estava na minha perna – e espalhou um boato de que eu havia sido violentada, usando a imagem como explicação. A confusão foi tão grande, que ela acabou suspensa por alguns dias. Eu, por outro lado, guardei uma raiva sem fim. Afinal, dizer algo como aquilo era quase como tirar sarro das pessoas que realmente sofrem essa agressão. Ainda por cima, isso fez com que muita gente que não tinha a menor ideia de quem eu era ou de onde vinha me olhasse de forma diferente.

Apesar de já ter me enturmado com bastante gente, as garotas que me eram mais próximas eram Victoria, Amanda, Sophie e Charlotte. Conversávamos sobre tudo, por isso o assunto nunca acabava. Elas morriam de curiosidade sobre a América, me perguntavam se eu já havia estado no sul do continente e diziam que queriam muito ir para Miami algum dia. Enquanto isso, eu queria saber o que tinha de bom a ser feito na Inglaterra, ainda ria um pouquinho do sotaque e era carregada às lojinhas que Carrie não frequentava, mas foi nelas que tive alguns dos meus melhores achados.

Algumas semanas depois do início das aulas, Scott me convidou a me juntar a eles mais uma vez. Seria uma noite de vôlei na quadra de sua casa, com direito a churrasco e *marshmallows*. Aceitei o convite.

Escolhi um jeans rasgado que trouxe de Sacramento, um Vans rosa e uma blusa que minha mãe me deu antes que eu viajasse. Quando pedi para sair, Carrie deixou, desde que antes eu falasse com meus pais pelo Skype. Nós nos falávamos duas ou três vezes por semana. Tinha muita coisa para contar. O trabalho, a escola (eles quiseram ver meu boletim, e isso me atrasou mais ainda) e todo o resto... Uma hora e meia depois, eu estava saindo de casa, quando Carrie colocou um lenço na minha cabeça, dobrou-o e fez um nó, como as *pin-ups* costumavam fazer.

Na casa de Scott, jogamos vôlei até sentarmos cansados no chão, morrendo de fome. O churrasco já estava pronto antes mesmo de eu chegar. Kira, Marc e Peter arrumaram a mesa, mas faltaram os copos. Horus me pediu ajuda para buscá-los na cozinha. Contrariada, fui. Não queria parecer paranoica (mesmo estando), afinal ele não havia sido agressivo comigo. Depois do olhar que Ann me deu, como se não acompanhá-lo fosse uma ofensa, tive que ir.

– Você se parece muito com a sua avó.

Babaca.

– Obrigada – disse entre os dentes. – Vocês eram muito próximos?

– Éramos. Sua avó foi minha melhor amiga durante cinco anos. Era uma boa loba. Mesmo não sendo a líder da matilha, sabia como agir como tal. Chegava quase a me superar.

Senti uma pontinha de inveja nessa frase.

– Isso te irritava. Afinal de contas, é tudo interesse para você, não é?

– Às vezes. Você daria uma boa loba também. Pegue mais dois copos nesse armário, por favor.

Apontei para o armário atrás de mim.

– Esse?

Ele fez que sim com a cabeça.

Procurei em todos os cantos do armário e copo que é bom, nada. Ouvi um ranger de dentes. Entendi. Me virei e dei de cara com um lobo grande, preto e arredio, babando de raiva, monstruoso. Horus pulou em cima de mim. Gritei alto o suficiente para que lá fora me ouvissem. Era tudo uma armadilha. Me trazer até lá, fazer os outros acreditarem que não me faria mal, era tudo o que ele precisava para me transformar em um deles. Horus mordeu meu braço. Gritei com a dor provocada por seus caninos gigantescos. Olive chegou correndo, gritando, seguida por Scott e todos os outros.

Luke, Peter e Scott tiraram Horus de cima de mim. Me retorci de dor no chão. Sangrando muito, tentei me levantar, sem sucesso.

– Posso tentar sugar o veneno – Hanna sugeriu.

Olive olhou para o relógio pendurado na parede.

– Tarde demais. A essa altura as células já o absorveram. Você pode tentar, mas acho que não vai funcionar.

Hanna a afastou de mim e cravou os dentes na ferida.

Ela me levou até o sofá.

Tonta, deitei-me. Minha visão ficou turva, a dor aumentava, as lágrimas escorriam sem a minha permissão, a sala foi sumindo, até que tudo ficou escuro.

§ § §

Acordei no mesmo sofá, com o braço enfaixado. Devo ter apagado por uns dez minutos. Ainda meio desorientada, ouvi gritos no jardim. Fui até a janela. Olive discutia com Horus em alta voz. Peter, Luke e Marc conversavam com um Scott possesso de raiva.

– A escolha era dela – Olive gritou.

– Bem, não é mais – Horus devolveu.

– Você matou Lily e machucou a neta dela. Você inferniza a minha vida e a vida dos meninos há anos. Não é mais a pessoa com quem me casei. Você perdeu toda a sua humanidade, Horus. E nem se dá ao trabalho de me dizer o porquê. Você matou minha melhor amiga e não me diz o motivo. Ela nunca lhe fez nada! Eu estou cansada!

– Eu só fiz um favor a ela.

Olive estava confusa, mas a raiva dela era gigante.

– Então faça um favor a si mesmo e saia dessa casa. Agora! Porque eu cansei de te aturar. Esse casamento acabou. E a culpa é sua. Sai!

Olive estava realmente irritada, pensei que fosse atacá-lo.

– Ainda sou o líder da matilha.

– Não, você não é – uma voz rouca disse.

O que aconteceu em seguida me deixou branca feito uma folha de papel. Scott saltou em cima de Horus. Eu gritei. Pulei a janela e só então minha presença foi notada. Marc e Luke me seguraram antes que eu pudesse apartar dois lobisomens engalfinhados no jardim.

Marc me levou até Kira e Blair, enquanto Will, Peter e Luke separavam padrasto e enteado. Horus saiu a passos firmes para o carro. Pensei em chamar Olive, que estava arrasada, mas, antes que pudesse dizer qualquer coisa, Lucy me levou para dentro da casa.

– É melhor você descansar.

Sentei no sofá novamente e Scott me acompanhou.

– Você está bem? – eu disse.

– Eu é que te pergunto.

– Não tanto quanto gostaria.

– Logo você vai ficar boa e nosso time vai estar completo de novo.

– Ficar boa? Agora eu sou uma loba. Não tem como "ficar boa"! Eu não sei como lidar com isso. Aliás, se eu não chegar em casa em uma hora, eu não vou poder lidar com isso, porque minha tia vai me matar!

Ele me deu um sorriso quadrado e falou:

– Você aprende com o tempo. Durante o dia, só vai se transformar em loba se quiser. Só fica fora de controle em noite de lua cheia. Pode vir para cá nesses dias, se quiser. Nas primeiras vezes você pode esquecer o que aconteceu, mas depois de duas ou três noites, você vai se lembrar de tudo com clareza.

– Não trate isso como se fosse uma simples mudança de rotina. Não é simples e nada que você diga vai me convencer do contrário. Você cresceu desse jeito, e eu não. Então, de verdade, não coloque eufemismos num problema que não tem solução. Minha vida mudou para sempre. Eu preciso ir.

– Eu posso te levar.

Eu queria fugir. Se eu confiava em Scott antes, tudo era muito relativo naquele momento. Porém, eu me sentia tão fraca, tão mal, que até considerei a possibilidade de ir com ele.

– Não precisa, eu vou de bicicleta mesmo.

– Quantas vezes você vai recusar?

– Todas!

– É sério, eu levo você. Se desmaiar no caminho, pelo menos vai ser em um carro. Você e a bicicleta no meu carro, agora, ok?

No final das contas, ele era bem fofo.

– Ok. – Eu esbocei um sorriso.

§ § §

Não havia muito a ser dito. Ou melhor, havia. Mas alguma coisa me travava. Scott havia se tornado um grande amigo, um dos primeiros que tive em Londres, mas existiam algumas coisas, alguns sentimentos e medos, que eu preferia guardar para mim. Logo, ficamos calados durante quase todo o trajeto. Na frente do prédio, nos despedimos.

– Tem certeza de que você está bem, Erin?

– Tenho.

– Então boa noite.

Ele me abraçou.

– Boa noite.

Guardei a bicicleta na garagem e subi. Em casa, Carrie não resistiu e me provocou:

– Essa é minha sobrinha – ela riu. – Não sabe jogar nada sem arrumar um machucado.

– Engraçadinha.

– Passou do horário, dona Erin.

– Perdoa? Só dessa vez. É sábado.

– Perdoada. Só dessa vez mesmo. E a louça é sua amanhã.

– Tá bom.

– Mas como você se machucou?

– Caí. Aí meus amigos enfaixaram para mim.

– Hum. Que bom que você já está bem entrosada com a cidade.

– E o que você fez hoje?

– Fui a um jantar com alguns amigos.

– Ah… Legal. Pelo menos uma de nós está inteira.

– Vá dormir, menina.

Naquela noite, me lembrei da minha avó mais do que nunca. Talvez por passar tanto tempo com pessoas de quem ela gostava, talvez por ser mais parecida com ela do que em qualquer dia eu teria sido. Agora eu era uma loba. Como ia lidar com isso? E se Carrie descobrisse? E se eu descobrisse que não era boa o suficiente para ser mais do que fui a minha vida inteira? E se eu não fosse boa para ser mais do que uma garota comum? Um zilhão de questões entrou nas minhas pendências naquela noite.

Dormi feito uma pedra nos momentos em que não sonhei acordada, delirando, trocando sonho por realidade. Acordei no chão, enrolada no cobertor, de bruços.

7

Decidi que precisava de um banho. Tirei a faixa e me surpreendi. Tudo o que havia ali eram seis pequenos cortes. Pensei que o estrago seria maior. A água quente esvaziou minha cabeça por um tempo. Ao sair do banho, dei de cara com minhas olheiras, mais roxas e evidentes do que nunca. Também pudera, eu nunca havia chorado tanto. Queria sumir. Queria ir pra casa, pra minha casa, para o meu país, pros meus pais, meus amigos. E jogaria tudo para o alto se não desse para aguentar o "trampo". Porém, do outro lado do Atlântico, eu continuaria tendo os mesmos problemas. Não tinha mais "ser ou não ser" loba, porque agora eu já era. Já era. Ir ou não ir era só questão de tempo. Antes, eu precisava aprender a lidar comigo mesma. E com todo o resto.

§ § §

Na escola, as coisas eram as de sempre. As três bruxas continuavam me perturbando, e sendo brutalmente ignoradas por mim. No trabalho, eu continuava abrindo caixas cheias de outras caixas infinitas. As tarefas se desdobravam na Carrie's e o desfile estava a pouco mais de um mês e meio de distância. O que, acredite, era muito pouco tempo. Era incrível a quantidade de trabalho que há para ser feito no escritório de uma grife. E eu adorava isso.

Certo dia, o Sr. Labrinth, professor de Geografia, passou um trabalho monstruosamente gigante e alguns de nós tivemos que ficar um pouco mais na escola. Quando já eram quase sete horas da noite, eu e meu grupo estávamos deixando a escola e fomos abordados por Julie e sua dupla maquiavélica.

— Erin, eu sei que você ainda está triste pela morte da sua avó, mas não precisa usar as roupas dela o tempo todo, querida.

Elas falavam aquilo, mas babavam com a roupa que eu estava usando nas vitrines da Carrie's.

— Olha aqui, garota, eu vou dizer uma vez e espero que você entenda, porque nenhuma das três parece ser muito inteligente. Eu não uso as roupas da minha avó, mas certamente poderia, já que ela se vestia muito bem e qualquer espantalho tem mais classe do que vocês três.

— Ela tem a língua afiada — Julie disse.

— Você deixou cair uma coisa, Erin — Evelyn falou.

— A sua cara — Lauren completou.

§ § §

Cheguei em casa antes de escurecer. Ficaram na escola o zelador, alguns alunos, dois professores, Julie e a dupla maléfica.

Por volta das 19h30 fui até a janela do meu quarto. O céu estava limpo, estrelado, não havia uma nuvem sequer e a lua estava cheia. Percebi que seria perigoso ficar em casa naquela noite. Como Carrie não estava em casa, deixei um bilhete na porta da geladeira:

"Trabalho na casa da Charlotte. Não sei se vou terminar a tempo de voltar, talvez durma lá".

Tranquei o apartamento, joguei a chave por baixo da porta e saí correndo. Corri. E quando vi, estava dentro da parte mais fechada do Hyde Park. Só me lembro de ver parte da Lua através dos galhos das árvores.

Acordei na minha cama. Desesperada, imaginei se Carrie havia me visto na minha versão monstruosa. Pior ainda, imaginei se eu a havia machucado. *Não, não, não. Por favor, tudo menos isso.* Minutos depois, ela bateu à porta do quarto, descabelada, de camisola, segurando um copo de suco. Respirei aliviada.

– Acorda, Erin. Você vai se atrasar.

Concordei e me levantei. Peguei o primeiro jeans que vi, uma blusa qualquer, um maxicolar e a boina da vovó. Quando entrei na cozinha, Carrie já estava pronta para o trabalho. Olhei o relógio e quase enfartei. Meia hora de atraso. Ambas saímos voando para o elevador.

§ § §

Tem gente que acha que atraso é ultraje e não perdoa dez minutos. Tem gente que acha que é besteira; não demorando demais, está tranquilo. Nenhum susto com o relógio, nenhuma pegadinha do horário, nenhum desespero pelo atraso supera o que eu vi naquela manhã.

Quando cheguei à frente da escola, os alunos se amontoavam em rodinhas, conversando. Uma faixa amarela fechava a porta central. Intrigada, fui até lá. O que colocaria o ensino médio todo para fora da escola? Parecia cena de crime. E era. Havia duas viaturas no estacionamento. A multidão se aglomerava na faixa que proibia a entrada de pessoas desautorizadas, mas fui rápida o suficiente para garantir um lugar na frente, onde era possível ver quase tudo. Foi aí que vi o que trouxe a polícia à minha escola. Assassinato. Julie jazia no chão de granito.

 A palidez de seu corpo contrastava com o vermelho de seu sangue. Marcas de unhas estavam espalhadas por seu corpo. Mas o pior foi quando olhei para seus braços. Eles não estavam lá. Mastigados, estavam sem vida, jogados no meio do corredor. Um pensamento me fez arrepiar. Alguém cobriu seu corpo. Fecharam a porta. Eu podia ouvir as conversas, as especulações, a quase cem metros de distância, podia sentir o cheiro do sangue de Julie a uma milha. E foi isso que me fez correr chorando até a casa de Kira.

 Apertei a campainha compulsivamente, até Olive abrir.

 – Foi o lobo. Fui eu.

 Ela me abraçou e me levou para dentro.

 Olive, Scott e todos os outros me ouviram com atenção. Havia a possibilidade de eu ter matado Julie. A questão era: eu seria capaz disso? A maior parte de nós descartava essa hipótese, mas eu não.

 Passei a manhã inteira sentada no sofá remoendo qualquer lembrança que me tornasse culpada. Qualquer memória que me fizesse inocente. Nada. Lucy me serviu um chá. Não sei do que era, mas me fez dormir.

 E sonhei. Milhares de cenas idiotas e esquisitas onde Horus se esgueirava por entre as sombras e eu fugia pelas vielas do centro de Londres até dar de cara com o corpo inerte de Julie. Recuava, preparada para correr, mas batia contra o peito de Horus e caía no chão, apavorada. Essa situação se repetia milhares de vezes até que eu via o meu reflexo nas águas do Tâmisa. Mas eu não parecia comigo. Talvez eu nem fosse eu. Mas era. Loba, selvagem e descontrolada.

Imagens de Julie passavam pela minha cabeça. Paravam em Horus. Maquiavélico.

Acordei molhada de suor.

§ § §

A escola se manteve interditada por três dias. Dois por precaução e pelo cuidado com a investigação que estava sendo feita, e um para todos os que estiveram com Julie nas doze horas que antecederam sua morte dessem testemunho. Apesar de tê-la visto no dia anterior à sua morte, não me chamaram para depor. Eu também não conseguiria dizer nada. Eu não me lembrava de nada, tampouco queria lembrar.

Não dá para explicar o que se sente quando se pensa "eu matei alguém". Mesmo não me lembrando de ter feito nada, se eu realmente fiz, eu teria visto a vida de Julie se esvair. Teria sido cruel e capaz de machucá-la de uma forma horrível. Depois da discussão que tivemos, depois de ela e suas amigas acabarem com minha paciência, como faziam desde que cheguei. Mas eu era capaz disso? Claro que poderia ser, mas, neste caso, quem seria a loba dentro de mim? E a pergunta mais importante: algum dia eu me tornaria ela? Ou uma hipótese ainda pior: ela poderia se tornar eu?

Mesmo com uma matilha inteira me dizendo que eu não tinha força, nem tamanho, nem experiência suficiente para estraçalhar uma garota com a altura de Julie, eu não me convencia. Tinha me irritado demais com ela e, na hora, se pudesse, a teria agredido. Até onde eu iria por raiva?

§ § §

8

Com tudo isso pela frente, minhas obrigações não tinham desaparecido. Precisava fazer uma prova de química e tinha que estudar quatro capítulos. Não bastasse isso, Carrie agendou duas sessões de fotos seguidas para aquela tarde e eu precisava ajudá-la. Não adiantou pedir, implorar, chorar nem fazer chantagem emocional, minha tia estava convencida de que eu estava brincando com o trabalho e me obrigou a ir.

Fomos até uma pequena fazenda na parte mais afastada da cidade, onde havia no mínimo quatro araras lotadas de roupas (que eu, por sinal, carreguei para todos os lados, conforme as ordens da assistente de Carrie, que me ajudou). No entanto, começou a chover. Nem assim o fotógrafo parou, alegando que as fotos ficariam ainda mais interessantes. Estávamos todos cansados, molhados, famintos e entediados, pois tínhamos passado mais de duas horas fotografando. Carrie me arrastou para um canto e disse:

– Erin, corre até aquela arara e pega um vestido para você e um para mim. Nós temos uma festa para ir daqui a uma hora.

– Carrie, não dá tempo. Olha o seu cabelo. Pior, olha o meu cabelo!

– Anda, escolhe o vestido, depois vá para a tenda do *backstage* para fazer o cabelo e a maquiagem.

Sem alternativa, vasculhei arara por arara até achar um vestido curto, de manga comprida, todinho de paetês pretos para mim e um *top cropped* soltinho e estampado com uma saia lápis para Carrie.

Depois, fomos ao *backstage*, onde Mike Kingdom, grande amigo de Carrie e ótimo maquiador, fez um verdadeiro milagre na minha cara lavada de lápis derretido graças à umidade. Larry Kearney, amigo de um cara que conhecia um amigo de Carrie, arrumou meu cabelo e cortou (em 20 minutos!) os longos fios de Carrie em um charmoso *long bob*.

Prontas, transformadas, porém exaustas e famintas, voltamos a City e passamos a noite em uma boate pequena, milagrosamente alternativa, onde intelectuais, escritores, estilistas, jornalistas e, surpreendentemente, até alguns policiais se encontravam. Por ser ligeiramente mais quieta, era possível ouvir pedaços aleatórios de falas e conversas de desconhecidos com certa facilidade. Foi em uma de minhas andanças infinitas que ouvi uma pequena discussão policial.

– Só um louco para fazer aquele estardalhaço com os membros da garota.

– E na escola, ainda. Com certeza, o assassino a conhecia de lá. A garota tinha vários inimigos.

– Mas ficava com todos os garotos. Pode ter sido uma menina, com inveja ou raiva dela.

– Só se a garota pesasse mais de 70 quilos e tivesse mais de um metro e oitenta.

Engasguei com o refrigerante e não ouvi mais nenhuma palavra do que diziam. Corri até a moça que guardava os casacos e bolsas, peguei meu sobretudo e a *clutch* que Mike tinha escolhido para mim e deixei a boate sem dar explicações a Carrie. Ela não ia notar mesmo...

Corri até a esquina mais próxima, parei o primeiro táxi que passou. Minutos depois estava na casa de Olive. Kira abriu a porta e, feliz por me ver, gritou para a casa inteira ouvir que a loba preferida dela estava lá. Blair e Hanna me arrastaram para o andar de cima, onde Olive e Luke assistiam à TV.

– Olha só, quem está vivo sempre aparece mesmo – Olive riu, me abraçando.

– E que sorriso é esse, moça? Para quem estava pirando há uma semana, a senhorita está muito animadinha. – Luke me deu seu lugar no sofá.

– Ela está bêbada? – Blair questionou.

– Você está bêbada? – Kira me olhou surpresa.

Apesar de eu estar completamente sóbria, eles confundiram minha felicidade com embriaguez.

– Talvez – eu disse rindo. – Brincadeira. Não estou nem poderia, eu não bebo. Mas eu tenho uma boa notícia: não fui eu.

Ninguém encarou aquilo como novidade.

– Eu lhe disse – Olive retrucou. – Você pode ser uma loba, mas não é um monstro.

Aquela frase soou bem menos contraditória na cabeça dela.

Estava satisfeita com o rumo que a história havia tomado. Mas, nesse instante, percebi que faltava alguém.

– Cadê a Ann e o Will?

– Você não sabe? – Blair indagou.

– Eu não sei do quê? – Fiquei confusa.

– Com essa confusão toda, me esqueci de te contar – Olive se justificou. – Will e Ann foram para o Canadá, fazer um intercâmbio de alguns meses.

– Ah, que droga, nem pude me despedir deles.

– Pois é, desculpa – Olive disse. – Eu realmente me esqueci de te avisar, mas eu peço para eles te mandarem uma mensagem assim que chegarem, assim vocês conversam com mais tranquilidade.

Passamos as horas seguintes assistindo à TV, comendo besteiras e rindo. No meio de uma dessas gargalhadas, Scott chegou. Disse que queria conversar comigo. Desci com ele para o jardim, nos sentamos nos balanços. Balancei bem alto, fazia tempo que eu não me sentia tão leve.

– Erin, você precisa tomar mais cuidado agora. Eu estava no centro da cidade e encontrei Horus. Ele está tentando te cercar. Eu acho que ele matou Julie porque sabia que você era descuidada o suficiente pra virar loba na primeira noite de lua cheia. Não vai ser fácil, mas você precisa ser tornar tão forte quanto ele.

– Então me ajude a ficar tão inteligente quanto ele. Às vezes parece que está sempre um passo à minha frente.

– Você me deixa te ensinar?

– Deixo.

Nunca tinha reparado que os olhos dele eram tão azuis. E como ele estava tão perto. E quão encantador era o sorriso dele.

Meu telefone toca na maior altura do mundo.

– Erin Harrison, posso saber onde você está?

Eu realmente acreditei que ela não ia notar.

– Na casa da Olive, aquela produtora de moda, amiga da vovó.

– Já pra casa, mocinha.

Revirei os olhos.

– Tudo bem.

Ela ficou em silêncio por alguns instantes.

– E seu extra desta semana está cortado.

Menos sessenta libras para mim. *Fuéim*.

– Tá bom, tá bom, vou pegar um táxi pra casa.

– Tchau!

– Tchau.

Voltei para o balanço.

– Scott, minha tia vai me matar se eu não estiver em casa dentro de uma hora. Então eu preciso mesmo ir.

– Eu te levo.

– Não precisa, não.

– Não mesmo? Tem um lobisomem atrás de você, sua tia quer te trucidar, já passou da meia noite e não tem um táxi passando.

– Tá bom. Eu preciso da sua carona, só quero me despedir deles antes.

Depois de uns dez abraços, entrei no Sedan de Scott.

– Por que parece que a gente se conhece há tanto tempo?

Ele parecia tentar decorar cada centímetro do meu rosto.

– Verdade. Não faz muito sentido. Você chegou a conhecer minha avó. Talvez seja por isso. Talvez eu me pareça muito com ela.

– Nem tanto. Lily tinha uma alma jovem, mas você irradia luz mesmo em choque ou morta de raiva.

Silêncio. Era um grande elogio. E só um inglês mesmo para fazê-lo.

– Tudo o que sei é que era uma das melhores pessoas e lobas que já conheci.

– Tudo o que sei é que nunca soube direito quem era ela e que agora pretendo ser como ela. Mesmo sem ter a mínima noção de se algum dia eu a conheci de verdade.

– Isso é bom, quem sabe você não acaba descobrindo mais sobre sua avó e conhecendo a si mesma?

– Faz sentido.

Quando pensei que não, estávamos em frente ao meu prédio. Olhando pela janela do carro, era possível ver a luz da sala de estar acesa. Carrie estava alerta e eu estava pronta para receber minha merecida bronca. Se ela tivesse filhos… Coitados dos meus futuros primos.

– Ela está me esperando.

– Ela pode até não ser uma de nós, mas com certeza herdou todo o instinto da sua avó.

Rimos juntos.

– *Au revoir, mademoiselle.*

Sorri.

– Obrigada, Scott. *Au revoir.*

Abracei-o.

§ § §

Virei a chave na fechadura. Uma. Duas. Três vezes. Tudo isso para ver minha tia com a postura impecável de uma bailarina sentada no sofá. Ela virou o rosto, e seus olhos de águia me metralharam. Sentei-me no sofá à sua frente.

– Eu não esperava isso de você, Erin. Sou muito liberal e te deixo solta pela cidade sempre, sim. E talvez seja desmedida e irresponsável, mas porque confio em você e acho que não seja necessário dizer nada que você já não saiba. Este é o primeiro e o último episódio de sua série de desventuras, mocinha. Acho ótimo que você curta as amizades que fez aqui, mas você estava saindo a trabalho. Não vou tolerar esse tipo de descuido novamente, Erin. Você é

nova aqui, não pode ficar sumindo desse jeito. Eu sou responsável por você e pelas bobagens que faz, o que devo dizer para a sua mãe caso você faça alguma besteira?
– Desculpe. Você pode, por favor, não me deportar de volta?
Ela suspirou, cansada de falar.
– Tudo bem, não vou dizer nada a sua mãe. Mas que isso não se repita. Já pro quarto!

Normalmente, quando me mandam para o quarto, é porque estou de castigo e devo refletir sobre o que aprontei, mas se tratando de minha desregulada tia, o que encontrei sobre a cama foi nada mais, nada menos do que uma caixa cheia de formulários a serem preenchidos, e contratos a serem organizados, e contas a serem feitas, e desenhos a serem reformulados, e uma lista de coisas que faltavam no desfile. Em cima disso tudo, um bilhete: "Quero tudo pronto na minha mesa até as 14h00 de amanhã. Se vira".

Já estava livre de metade da parte problemática da minha vida. Não tinha matado ninguém. Esperava ser uma loba "adestrada" dentro de algumas semanas e assim poderia lutar contra Horus e vingar o assassinato de vovó. Levando isso em consideração, fazer o serviço da semana em uma noite era fichinha. Coloquei o notebook sobre o tapete, esparramei todos os papéis. Organizei tudo. Preenchi 20 formulários. Cataloguei 30 contratos. Três da manhã. Fiz 1, 2, 7, 10, 16, 25, 37, 43 somas, e subtrações, e divisões, e multiplicações. Com muito sono, ouvi alguém me chamar.

– *Eu ainda estou aqui, querida.*

Não conseguia reconhecer a voz, tampouco ver a fonte dela. Estava tudo embaçado. Vi um par de olhos verdes.

– Que belos olhos você tem.

Por que eu disse isso mesmo?

– *Que gentileza a sua. São para te ver melhor.*

Meus olhos se acostumavam à escuridão. Mãos pesadas me seguravam no ar, me mostrando como eu era pequena.

– Que mãos grandes as suas.

– *São para te manter por aqui.*

Estranhei a resposta. Aqui? Onde? Onde eu estava? Um sorriso branco e grande se materializou à minha frente.

– Que boca grande você tem.

Ou eu realmente havia perdido o controle da fala, ou estava delirando.

– *É para te devorar mais rápido.*

Um clarão e eu pude ver um vislumbre do rosto de Horus. Atrás dele estava minha avó. Dessa vez, em pé, apenas observando.

Acordei no primeiro toque do despertador. O coração, batendo mais forte que um tambor. Para minha surpresa, eu havia conseguido fazer quase tudo. Já eram 6h30 quando coloquei tudo finalizado sobre a mesa da sala. Entrei na brincadeira de Carrie e coloquei sobre os arquivos um bilhete: "Não é a mesa do escritório, mas deve servir. Desculpe por ontem. Bom dia!".

Engoli o café da manhã e me arrumei para a escola. Chegando lá, encontrei as meninas reunidas numa mesa do pátio. Todas pareciam ter passado a noite em claro. Nem todas pelo mesmo motivo. As antigas devotas e inseparáveis seguidoras de Julie agora pareciam ter herdado o trono e reinavam com patética soberania sobre os que se deixavam tornar-se súditos. Pareciam ter superado a morte da líder com incrível rapidez.

Alguns diziam que fingiam felicidade debaixo do reboco de maquiagem matinal, outros simplesmente argumentavam que um seguidor sem seu líder pode se virar muito bem, mas o mesmo não pode ser dito de um líder sem seus seguidores. O mais surpreendente foi ver que as pessoas que cercavam Julie, que a admiravam e a seguiam para qualquer festa sequer notariam sua ausência caso seu assassinato não fosse a primeira manchete no jornal. Nem mesmo a Rainha de Copas dispunha de tantas pessoas falsas. Bajuladoras. As novas rainhas não se davam conta de que o mesmo estava acontecendo com elas. Cercadas de farsas. Apunhaladas pelas costas.

Foi Sophie que quebrou o silêncio:

– Ela era uma vaca mesmo, mas daí a matar a garota daquele jeito...

– Cruel – Charlotte completou.

Amanda notou algo incomum:

– Gente, não olhem agora, mas a Evelyn está usando uma blusa que eu tenho certeza absoluta de que era da Julie.

Se eu não soubesse que Horus era culpado pela morte dela, poderia dizer que qualquer um, qualquer um poderia tê-la matado. É que Julie simplesmente não conseguia deixar ninguém em paz. Precisava de repetidas doses de atenção e rebaixava todo mundo para conseguir. Então qualquer pessoa na escola, na cidade, no país, no mundo, que a tivesse conhecido teria no mínimo um motivo para querer vê-la morta.

Mas, para os vivos, o mundo ainda estava lá. E não era tão colorido assim. Para mim, Horus era uma grande preocupação. Não sabia onde ele estava. Não podia vê-lo, mas desconfiava de que ele pudesse me ver e que estava esperando só o momento perfeito para um ataque certeiro, digno de mais uma vez estar na primeira manchete do noticiário. Um verdadeiro espetáculo, pois ele gostava de um circo bem armado.

Dormi a primeira aula inteira, do primeiro ao último minuto, sem interrupções. Com exceção da batida que o senhor Smith deu na mesa, que foi o que me acordou. Exatamente quando o sinal bateu. Boiei no segundo, no terceiro, no quarto, no quinto, no sexto e no sétimo horário. Entre uma bronca do professor e um grito vindo do fundo da sala, eu dava pequenos cochilos. Sendo acordada constantemente por qualquer barulhinho, perdi a paciência: me mudei para a última cadeira da fila da parede, cobri a cabeça com o capuz e dormi o sono mais tranquilo de toda aquela semana. Um sono vazio de sonhos e pesadelos, lotado de silêncio. Deliciosamente quieto.

Cheguei em casa menos cansada, um pouco mais calma e faminta. Muito faminta. Fiquei muito feliz em pedir um pote gigante de *yakisoba* e comê-lo assistindo a *Gossip girl*. Isso era comprovado pelo mural de fotos no corredor de casa: Carrie e mamãe na Times Square, mamãe fazendo careta em frente à Estátua da Liberdade, Carrie em um trailer em Phoenix. Senti saudades de casa.

9

As três semanas seguintes foram maravilhosas. O desfile da Carrie's começava a tomar forma e logo tudo estaria pronto. Minha bicicleta brasileiríssima da Farm Rio chegou – parei de sequestrar a de Carrie –, e eu quase morri por isso. Literalmente. Andando distraída na City, quase fui atropelada no mínimo umas duas vezes. Mesmo com esses pequenos acidentes, eu tinha uma sensação que não ia embora de jeito nenhum: liberdade.

Não me importava mais quantos lobos viriam pela frente, nem quantos Horus me observavam de cima de cada prédio, nem quantas luas cheias eu teria que enfrentar e recordar. Tudo o que eu fiz naquelas semanas permaneceu intacto na minha cabeça, pois foi perfeito. Quando não estava na Carrie's atolada em trabalho, em meio a fotos, desenhos e documentos, ganhando peças exclusivas assinadas por amigos da minha tia, estava na Oxford Street com Kira, Blair, Lucy e Hanna.

E todas as manhãs, na escola, agora acordada, a St. Charles não me matava mais de tédio; muito pelo contrário, eu até me divertia no ensino médio. Logo mais, para minha tristeza, começariam meus dias de treino. Na primeira lua cheia do mês, fui dormir na casa de Olive.

Carrie agora estabelecia horários mais rígidos devido a uma bronca que levou da irmã mais velha. Minha mãe e ela conversavam com frequência, riam com frequência e brigavam com frequência. Por isso, foi com relutância (e só porque era a casa de Olive, amiga de anos e anos) que minha tia me liberou. Quando cheguei lá, o Sol, já poente, se escondia por entre as árvores de copas cheias. Subi a escada em caracol até o segundo andar e, no fim do corredor, atrás de uma porta de madeira branca, encontrei o quarto que me fora destinado.

De hóspedes, paredes lilás, janelas gigantes e arabescos na colcha branca e fofinha que cobria a cama larga. Deixei minha pequena mala lá e desci para o quintal. O céu começava a escurecer e estávamos todos reunidos em roda sobre a grama. Estavam todos lá, com exceção de Will e Ann, que tinham ido para um intercâmbio em Toronto. Eu estalava os dedos, prendia e soltava o cabelo, batucava no joelho. Hanna notou meu nervosismo e me tranquilizou:

– A loba e você não são seres diferentes. Você é tão selvagem quanto ela, e ela é tão racional quanto você. Só vai conseguir se lembrar do que fez hoje e em qualquer lua cheia se aceitar que você e ela são uma só.

– Tudo bem. Mas e Horus?

– Está segura conosco. Vai correr com seus amigos sob a luz da Lua e nada vai acontecer, depois vai aprender como se proteger e atacar. Acredite em mim, você não vai querer devorar a cidade inteira, ok? O máximo que vai conseguir comer é um cervo perdido.

Meu estômago se revirou.

– Temos que ir agora – Marc me chamou. – Se escurecer e ainda estivermos aqui, será perigoso para todos.

No carro, a música alta me distraía e não parecia que eu estava viajando com amigos, e sim que eu estava correndo na direção de uma parede de concreto.

Chegamos a uma clareira cercada por árvores anoréxicas, onde estacionamos os carros. A Lua já estava no céu quando todos estavam em pé, somente me esperando. Eu hesitava me deixar levar pela curiosidade de ser selvagem, pelo clima de história de terror disfarçada de conto de fadas. Hesitei, hesitei e hesitei até que cheguei ao limite do instinto humano e cedi. Me sentia mais esquisita, e mais frágil, e mais perigosa, e menos eu.

Todos ficaram surpresos com a maneira como a loba aparentava estar tranquila. Como ela, mesmo nova, mesmo inocente, mesmo "filhote", parecia ser forte, com os olhos atentos. Como ela… Ela. Não eu. Eu, que logo teria que ser ela, ignorando todos os riscos e estando disposta a corrê-los sem ser bombardeada por dúvidas.

Depois de a terem olhado com atenção e verificado que ela não surtaria, foram todos andando pela floresta. Não tinha trilha nem estradinha de terra, de modo que a loba se perdia com facilidade. Sentia cheiro de sangue e chegou a duvidar de seu faro, mas, se avançasse mais uns trezentos metros, veria dois cervos andando tranquilamente. Todos começaram a correr. Ela não entendeu.

De um jeito ou de outro, começou a correr também. Saltando por entre galhos, raízes e buracos, ela se cansou bem antes do que esperava (considerando a condição de loba). Até que viu. Pulou sobre as costas do cervo e estraçalhou-o por completo (ela gostou da carne). Trovão. Chuva. Assustou-se ao olhar o reflexo com o focinho cheio de sangue numa poça d'água. Correram mais um pouco. Era divertido, afinal. A lua cheia brilhava com a força de um holofote. Passadas algumas horas, o Sol já dava sinal de vida, e ela, sonolenta, caiu no sono.

§ § §

Acordei na cama do quarto de hóspedes coberta por uma manta branca. O sol já brilhava forte através da cortina, e eu na cama. *Que bonito, Erin. Lindo.* Tateei o criado-mudo em busca do celular, tudo para cair da cama com o susto que o relógio me deu. Já passava das dez horas!

Vesti o suéter vermelho por cima do pijama (que não me lembro de ter vestido, não me lembrava nem mesmo de como fui parar na cama), peguei a escova de dente dentro da bolsa e fui em direção ao banheiro no fim do corredor, pisando leve para não acordar ninguém (caso ainda houvesse alguém dormindo). Pretendia pentear meu cabelo, mas eu sou idiota mesmo e esqueci a escova no quarto. Prendi o cabelo num coque sem jeito e abri a porta. Dei de cara com Olive e gritei.

– Bom dia – ela disse. – Começamos o dia bem, então? Assustada o suficiente?

– O bastante – eu ri. – Cadê todo mundo?

– Lá embaixo, tomando café.

Desci as escadas.

– Olha só quem acordou – Peter disse rindo. – Minha loba preferida.

Não. Loba, não. Sorri quadrado e me sentei. Luke colocou um prato de panquecas na minha frente. Agora, sorri de verdade.

– Então, como eu vim parar na cama, de pijama?

Todo mundo meio que sorriu. Não era justo. Eu queria me lembrar de tudo! Tudo mesmo.

– Você chegou exausta. Não falava coisa com coisa, mas capotou assim que se encostou na cama.

§ § §

Alguns minutos mais tarde, estávamos no jardim. Eu ficaria lá até às seis da tarde. Olive e Lucy estavam arrumando a cozinha, e o resto de nós, jogando vôlei. Caí cansada na grama porque eu sou um gênio nos esportes (só que não).
– Está viva? – Scott riu.
– Acho que sim – respondi ofegante.
– O suficiente para correr?
Levantei-me em disparada. Scott corria bem mais rápido do que eu, mas eu quase podia alcançá-lo. Corri, corri e corri, e a loba correu comigo. Ou eu corri com ela. Ou corremos juntas. Acho que foi nesse ponto, antes de tudo ficar bem pior, que eu comecei a reconhecê-la como eu mesma. Olhei para trás, Luke, Peter, Kira e Blair corriam conosco também. Mas o lindo da cena foi que, ao olhar para trás, perdi o equilíbrio, tropecei e caí aos pés de uma árvore.
De bruços, morria de rir, enquanto todos os outros pensavam que eu estava machucada, chorando. Isso só me fez rir mais ainda. Me virei e Kira me levantou pelo braço com uma só mão. Ela era muito forte, eu nunca imaginei que aquela loirinha, quase albina, baixinha e magrela seria mais forte do que eu.
– Meu Deus, que força!
– Mal de lobo… – ela disse, encolhendo os ombros.
– É regra? Se for, eu sou a exceção.
– É exceção porque é nova e porque não luta, não treina… – Ela pensou por uns instantes. – Quer treinar agora?
Assenti com a cabeça.

§ § §

– Tudo bem, a primeira coisa que deve fazer é deixar de ser Erin e ser loba. Ela está dentro de você, ela é você. Então seja ela.

Com muita dificuldade, muita timidez e muita bronca de Kira, consegui obedecer a seu comando.

– Vai.

Sem mais nem menos, Lucy pulou de boca aberta sobre mim, me mordendo, me arranhando e rosnando. Devolvi do mesmo jeito. Não era fácil me esquivar dos golpes dela, que era uma loba experiente e sabia muito bem como me passar a perna. Literalmente. Acabamos a luta aos gritos de nossa torcida. Sinceramente, eu acho que até me dei bem. Saí viva.

– Uau, foi muito bom pra sua primeira vez. – Peter me abraçou.

Scott me observava de longe, com um olhar diferente; ele já me observava assim fazia algum tempo. Perdi alguns segundos tentando traduzi-lo e ele abriu um sorriso escancarado para mim. Me abraçou e passou os dedos por entre meu cabelo.

– Está de parabéns, viu?

Eu ri, sem graça.

– Que nada; a Lucy é muito rápida.

– Mas você luta muito bem.

Quem riu dessa vez foi ele, enquanto eu, séria, senti minhas sardas queimarem de vergonha.

Olive apareceu na sacada segurando alguma coisa que eu não conseguia ver. Ela sacudia os braços e me chamava. Corri até ela. Ao me aproximar, vi que ela segurava meu celular.

– Carrie quer falar com você, querida.

Ela me entregou o telefone.

– Alô?

– Se esqueceu de casa, foi?

– Não. – Eu revirei os olhos. – Daqui a umas duas horas já estou aí.

– Vem de quê?

– Sei lá. Taxi ou metrô... De algum jeito eu chego na Baker.

– Tá bom, então. Hoje eu vou ficar em casa, então venha assim que possível que eu não aguento mais ficar sozinha.

– Ok, mais tarde eu desço para aí.

– Tchau.

– Tchau.

Depois de desligar o telefone com Carrie, passei as seguintes horas deitada na grama com todos os outros. Ouvindo música, rindo e cantando.

Olive apareceu uma vez ou outra, com um lanche ou simplesmente com um sorriso. Naquele dia, eu percebi que ela era uma pessoa muito introspectiva, gostava de pensar e de passar algum tempo sozinha. Percebi também que, por maior que fosse seu afeto por mim, eu sempre seria a neta da melhor amiga morta. Uma carga. Isso não a fazia me tratar diferente, só a deixava nostálgica. Logo me lembrei de Carrie e da bronca que eu iria levar se não estivesse em casa em uma hora.

– Nossa, já é muito tarde. A Carrie vai me esganar se eu não chegar logo.

– Como você vai embora? – Luke perguntou.

– Não sei. Acho que de metrô.

– A Baker Street não fica muito longe, a gente podia ir de bike – Scott sugeriu.

Em meio a protestos como "eu estou cansado", "você vai com ela?" e "eu não vou", acabamos por sair apenas nós dois de bicicleta. Foi divertido. E estranho, também. Estar com Scott era sempre um pouco esquisito. Alguma coisa ali estava explícita e não estava. Tudo ao mesmo tempo, junto e misturado. Esquisito.

Demoramos cerca de quarenta e cinco minutos para chegar até meu condomínio. Teria demorado menos se não fôssemos idiotas o suficiente para ficar dando voltas e mais voltas em quadras aleatórias, subindo e descendo calçadas sem qualquer razão aparente. E lá estávamos nós.

– Então é isso.

– É… isso.

Não deu nem tempo de pensar: quando vi, já estava no meio do segundo beijo. Agora tudo fazia sentido. E eu ria da minha cara por ser tão idiota de não notar isso. O pior é que, além de não notar, eu gostei.

– Erin, desculpa. Eu não queria… Quer dizer, eu queria, mas… Argh, que idiota eu sou.

– Não é, não. Não foi nada.

Silêncio.

– Eu deveria subir.

– Verdade. Boa noite.

– Boa noite.

E foi isso. Sem "amanhã eu te ligo" ou "depois a gente se fala". Deixei a bicicleta na portaria. Tropecei no vizinho gato e fui até o apartamento.

10

Dois giros de chave e eu estava em minha casa. Que de minha, aparentemente, não tinha nada. Eu juro que eu quis ser cega, surda e muda nessa hora. Carrie e um desconhecido no sofá. Quero dizer, eu cheguei no meio de um beijo no sofá. No meu sofá! Ao ouvir o barulho da porta batendo, interromperam o beijo para ver a cara do até então intruso que os fizera parar.

– Erin – Carrie balbuciou, limpando os lábios com batom borrado.

– Oi, Erin – o desconhecido repetiu.

Eu acenei, ainda chocada, morrendo de nojo e de vontade de rir. Não sei se foi por eu ter acabado de ganhar um beijo e estar pisando em nuvens ou por realmente querer minha tia feliz com alguém, eu não tive nenhuma reação absurda.

– Erin, esse é o Ryan, meu…

– Namorado – completou Ryan.

– Oi, Ryan.

Ele deu um selinho na minha tia e passou reto para a porta. Sobramos nós duas na sala. Não sei se Carrie ficou com medo de me traumatizar ou então de ser zoada por mim durante um bom tempo.

– Deixa eu te explicar.

– Não precisa, não. Eu já vou dormir.

Era cedo ainda, mas eu fui assim mesmo. Tomei um banho longo e quente. De pijama, deitei-me. Comecei a pensar sobre Scott. Como se eu tivesse parado desde que o conheci. O problema é que eu me negava a acreditar que aquela coisa paralisante que eu sentia era muito mais do que amizade. Talvez as coisas tenham acontecido de forma muito rápida, em poucos meses e em momentos relevantes demais para estarem no meio desses pensamentos. Mas de alguma forma chegamos ao passeio de bicicleta, ao meu condomínio, ao tal beijo.

Droga, droga, droga! Logo eu, uma idiota tão iludível, tão machucada. Minha história se resumia a meias palavras trocadas com caras idiotas que me rendiam mais histórias e mais cicatrizes. Essas não físicas, mas tão doloridas quanto. Passei uma boa meia hora fritando na cama, no Facebook, esperando qualquer sinal de vida, qualquer coisa, qualquer indireta, o que fosse. Já estava quase pegando no sono, quando o iPhone vibrou. Nova mensagem.

"Você disse que não foi nada, mas para mim foi alguma coisa. Desculpa se eu fui desse jeito. Ainda preciso da sua amizade."

Eita.

"Pensei que você já tivesse notado."

Mais uma.

"Fala comigo. Faz tudo, menos me ignorar."

E outra.

"Erin?"

Como responder?

Mandei a primeira coisa que me veio à cabeça.

"Não foi nada, foi tudo."

Algum tempo depois, ele me responde:

":)"

Eu estava digitando quando…

"Quando a gente pode se ver?"

Apaguei tudo e digitei:

"Não sei. Logo, eu espero."

Ele pareceu satisfeito com a resposta.

§ § §

Na manhã seguinte, acordei com Carrie cantando. Ela estava radiante.

– Bom dia, Erin.

– Bom dia.

– Você ficou brava?

– Pelo quê?

– Por eu não ter te contado sobre o Ryan…

– Não. Só fiquem longe do sofá.

Ela riu e saiu da cozinha. Mais tarde, naquele dia, saindo do estágio na Carrie's, me deparei com um certo lobo na frente do prédio em que eu trabalhava. Sem flores, chocolates ou maiores dramas, fomos parar na roda-gigante mais famosa do mundo, a London's Eye. Lá de cima, no ponto mais alto, todos os meus problemas pareciam pequenos demais para ser problemas de verdade. Com Scott, era esquisito. Diferente demais. Era meu.

– Tudo daqui é mais bonito. Ainda odeia muito Londres?

– Não tanto, mas a Califórnia ainda é minha casa.

– Vai ficar aqui por quanto tempo?

– Só Deus sabe.
– Se Ele sabe, então está tudo bem.
– Está – eu ri. – Mas pode ficar melhor.
E ele me beijou. Uma. Duas. Três vezes.

§ § §

As semanas se passaram normalmente, ou "quase". Com o desfile se aproximando, Carrie corria estressada de uma ponta a outra da cidade (quando não estava fora dela) arrumando tudo o que só podia ser resolvido por ela mesma. Eu saía da escola para o trabalho, de lá para casa, estudava algumas horas e de lá podia sair para dar uma volta, desde que às dez da noite eu estivesse entrando na portaria. Nesse meio-tempo, eu me divertia com as meninas, que se misturaram facilmente com as moças da minha matilha, reservava um pouco do meu tempo para Scott e para minha família. A saudade batia cada vez mais forte e o Skype era distante demais para mim.

Em uma parte mais escondida da minha vida, naquele rodapé de página que poucos e raros leem, estava a minha segunda família. A matilha que me acolhera sem hesitar. Nos fins de semana, ainda íamos àquela mesma clareira e corríamos. Sempre caminhos diferentes, que pareciam os mesmos daquela primeira noite. Me sentia um pouco mais forte, e a tal loba já era parte de mim.

Nunca nos desentendemos, não de uma maneira que não pudesse ser discutida e resolvida após alguns dias. Lucy e Hanna, por mais doces que fossem, começavam a se sentir desconfortáveis, talvez por ciúmes de Scott, talvez porque eu, ao contrário do que pensava, não era tão parte assim daquela família. Houve, no entanto, uma vez em que ficou claro que eu estava errada. E não era tão importante assim.

Era sábado, fim de tarde. Cheguei à casa de Olive. Quem abriu a porta foi Kira. Ela, sempre sorridente, me encarava seriamente, pálida.

– Estávamos te esperando.

O mogno se bateu com força. Porta fechada, e eu estava lá dentro. Todos sentados à mesa. No centro, um envelope. Em cima dele, um bilhete selado com cera vermelha, símbolo de espadas cruzadas. Nada familiar. Dizia, em uma caligrafia antiga, a seguinte frase: "Abra se tiver coragem". E havia algum corajoso naquela sala, porque o envelope estava aberto, apenas gritando e gritando que eu viesse ver seu conteúdo. Só então percebi que vários olhos me fuzilavam. Olive fez sinal para que eu desse uma olhada no que havia ali dentro.

Fotos. Fotos de lobisomens que corriam, brincavam e lutavam entre si. Caçando e devorando cervos pelos arredores da cidade. Nunca tinha percebido o quão aterrorizantes podíamos ser. Havia também um panfleto bem grande que, além de algumas das imagens, trazia uma mensagem: "Procurando por estas feras? Ligue para este número". Ali estavam meu nome e telefone. Já tinha me esquecido da visão de Horus saindo da casa de minha avó. Lembrei-me, porém, da vez em que os tais lobos apareceram na minha frente. Talvez alucinação na primeira vez, certeza de lucidez nas vezes seguintes.

– Quem mandou isso? – perguntei a ninguém em específico.

– Você acha que, se nós soubéssemos, estaríamos sentados aqui?! – Hanna gritou.

– Você tem alguma dúvida de que foi Horus que enviou isso, Hanna? Não é possível que não tenha sido ele.

Lucy, que estava quieta até então, bradou:

– Isso é tudo sua culpa.

– Minha?

– Até você aparecer aqui, estava tudo bem. Dane-se se Horus matou sua avó, você não tinha que estar aqui, não tinha que fazer parte disso. É tão desleixada, que deve ter deixado brechas para sermos descobertos. Você, com certeza, é a responsável por estarmos expostos. Como pôde nos trair, depois de tudo?

Congelei.

– Até você aparecer, estava tudo bem. Depois de você, meu pai saiu de casa, Scott se afastou de mim, meus irmãos estão tão diferentes, que mal posso reconhecê-los.

Hanna interviu:

– Isso não é verdade, Lucy. Nós não mudamos, mas quem quer que tenha essas fotos, tem mais.

Foi a vez, então, de Kira se pronunciar:

– Talvez Horus queira nos amedrontar. Talvez...

Até Hanna voltar a gritar:

– Talvez ele não tenha sido um líder tão ruim, talvez nós devêssemos nos lembrar de que ele era um bom pai. Um bom companheiro. Amigo... Não podemos culpá-lo sem provas só porque ele cometeu um grande e único erro.

– Um grande e único erro. Um grande e único erro. Alguém que mata não precisa de muito incentivo para chantagear. Horus pode ser bom em muitas coisas para vocês, mas ele também é um assassino. E eu não vou ficar aqui para assistir a vocês dando a ele o benefício da dúvida.

Iniciou-se daí uma grande confusão. Todos falavam ao mesmo tempo, gritavam, e eu, ali no meio, talvez fosse a mais errada. Por estar ali, por ter pensado que tudo poderia dar certo, por tentar começar de novo, afinal quantas vezes existe uma segunda chance? Saí pelos fundos, com Scott no meu encalço. Parei. Me virei. Não consegui segurar as lágrimas. Scott me abraçou. Por uma fração de segundos, retribuí. Ele segurou meu rosto com as duas mãos, enxugando as lágrimas.

– Erin... Desculpa.

– Pelo quê?

– Por tudo. Tudo o que você passou por minha causa desde que chegou aqui. Talvez eu não devesse ter ido a Sacramento procurar por você. Mas Horus ainda estava lá. Achei que ele pudesse colocar alguém em perigo. Mas não sei se ele o faria novamente.

Ele acabara de dizer que se arrependia de ter me conhecido e que ainda confiava no padrasto. Eu estava sem reação.

– Provável, não? Ele matou minha avó a sangue frio.

– Eu sei. Eu só... não consigo aceitar que ele tenha sido capaz de fazer essas coisas...

– Você sente a falta dele. Ele cuidou de você por tanto tempo. E eu estraguei isso.

– Não fala assim.

– Admite.

– Erin...

– Admite.

– Por Deus, mulher! Você nunca me deixa falar!

Dei o braço a torcer.

– Então fala.

– Sinto falta dele sim, mas me escuta, as coisas ficaram complicadas por aqui desde que você chegou. Não por culpa sua, mas... Ele era praticamente meu pai. Você estar aqui é maravilhoso, eu adoro, só que...

– Ficou mais difícil, não é? Tudo bem... Já que deu tudo errado quando eu apareci, quem sabe se eu desaparecer as coisas não melhoram? Chega, Scott – disse, batendo em retirada, enquanto ele continuou lá, parado.

Atravessei o jardim pisando duro. Já chorava desesperadamente, soluçando. Não conseguia entender como Scott abrira mão de mim tão fácil. Como aquelas pessoas que eu chamava de família puderam me "renegar" como se tudo o que dava errado naquela casa fosse por minha causa. E, de fato, talvez fosse.

Subi na bicicleta e fui até City. Já era noite e não dava para ver muita coisa com os olhos embaçados pelas lágrimas. Ouvi um carro se aproximar e não dei muita importância, porque há um grande volume de veículos no centro da cidade. Mas aí ele começou a desacelerar. Enquanto meu pulso fazia o processo inverso. Pedalei mais rápido. O motorista aumentou a velocidade. Alguém atirou no chão, próximo ao meu pé. Foi o suficiente para me assustar, me fazer pisar em falso no pedal e cair de cabeça na calçada cinza e fria. Me levantava, sentindo o sangue escorrer pela nuca, quando fui pega pelos braços. De costas, não vi quem era.

No fundo, eu não precisava ver para saber que meu agressor era, de fato, conhecido e perigoso, e me mataria na primeira oportunidade que tivesse. Ou me torturaria até eu pedir para morrer. Fui colocada com (in)delicadeza no porta-malas. Minha cabeça estava estourando de dor e minhas mãos tremiam, fora de controle. Senti algumas curvas e quebra-molas, que diminuíam ao longo do tempo. Estávamos saindo da cidade. *Meu Deus*, eu pensei, *isso é péssimo*. Deveria haver um jeito de sair dali. O ar estava cada vez mais denso, e eu, cada vez mais sonolenta. A tontura comprovava que eu ia apagar. Pouco tempo depois, fui retirada do carro e carregada ao desconhecido. Um baque surdo, e eu estava no chão. Outra vez. Mais uma vez.

11

Abri os olhos. A dor ainda estava lá e não era menos intensa. Pouco a pouco me consumindo. Observei o lugar onde era mantida amarrada. Para aquela cabana assustadora, filme de terror era pouco. Espelhos em duas paredes, manchados e sujos, do chão ao teto. Minha blusa estava empapada de sangue e grudava nas minhas costas.

Ele sabia confundir o psicológico de qualquer um. Só para me mostrar o quanto eu estava sofrendo, só para me lembrar do quanto mais eu poderia sofrer. A luz branca, fria e fraca que vinha do banheiro ao lado era a mesma que fingia iluminar o ambiente em que eu estava.

Me olhando nos espelhos, eu via uma menininha encolhida, aterrorizada e amarrada. Cabelos escuros com fios cor de cobre caindo sobre o rosto inchado. Olheiras, lápis borrado e lágrimas. Muitas lágrimas. Fiquei sozinha algum tempo. Me debati, chorei, gritei, tentei me soltar, dei a ele o prazer de me ver perder o controle. Os instintos, já confusos, apareciam. E até mesmo a própria loba havia perdido a força. Eu, em um lugar desumano, me sentia cada vez menos humana. Me perguntava onde ele deveria estar.

Horas depois, ele apareceu. Sentou-se à minha frente. Silêncio.

– Por que – comecei sussurrando e terminei gritando – está fazendo isso comigo? O QUE DIABOS EU TE FIZ?

Ele riu, sarcástico.

– Você tirou minha família. E não é como se eu gostasse de você, Erin. Eu não precisaria de um motivo maior para te fazer uma surpresa como esta. Você tirou minha família, essa é a minha desculpa. Eu não tenho um motivo. Eu tenho uma desculpa, porque, como eu já disse, eu não gosto de você. Então, já que eu sou o vilão dessa história, estou agindo como tal. Vou caçar cada uma das pessoas que você ama, e você – ele riu – vai só assistir.

Bufei.

– Aí é que você se engana! Se atreva, Horus. Se atreva a encostar um dedo em algum amigo ou parente meu, se atreva e esse dedo vai ser a primeira parte sua a ser estraçalhada! E vai ser um prazer estraçalhar todo o resto se você somente pensar em procurar algum deles!

Eu gritava. Ele me provocou direitinho e ria como se eu tivesse dito a maior besteira possível. Então, começou a me aplaudir.

– Olha, você é a caricatura mais perfeita que alguém poderia fazer de Lily. Eu quase me admiro com sua certeza moral, com seu ímpeto de seguir seus princípios, de ser leal. Mas ela era mais corajosa, você sabe, mais valente. Ela provavelmente já teria fugido e tentado me dar uma surra. Você não fez isso... Por quê, Erin?

Horus segurou meu queixo com força, levantando-o. Ele só podia ser louco. Por que me lembrou da minha avó? Virei o rosto, me livrando de sua mão nojenta. Então eu o surpreendi ao tentar morder seu dedo, e agora ele balbuciava palavras de raiva.

– Ah, é… Você tem medo. Sabe que se o fizer, vou matá-la. Mas não se preocupe, cedo ou tarde isso vai acontecer.

Ele saiu. Sozinha, deitei-me no assoalho de madeira. Não tinha a mínima noção de como sair dali. Tinha medo de que ele estivesse por perto, logo eu não poderia fugir. Eu não era corajosa o bastante, ele estava certo. Mas minha avó tinha muita experiência… Eu não. Se fugisse, seria pega. Confesso que passei boa parte do tempo apagada. Estava exausta de tentar lutar, a dor ainda não tinha passado e era menos desconfortável estar inconsciente. É difícil admitir, mas é bem verdade que eu estava morrendo de medo de Horus e do que podia me acontecer.

§ § §

Mais uma vez, abri os olhos e fiquei surpresa. Na minha frente havia um copo d'água, um prato de comida chinesa e um *whoopie pie*.

– Não reclame agora. A comida é boa.

Ele me desamarrou. Avancei em sua direção, o medo havia desaparecido.

– O que você quer?

– Ver se você é como ela era. Corajosa. Lute. Me mostre que você poderia ser a líder da matilha.

Não abri a boca. Eu não havia comido nada desde a manhã daquele dia, então estava salivando. De que me adiantaria lutar estando tão fraca?

– Bem, você é quem sabe. Está livre. Coma.

Ele se foi.

Olhar para a comida e não ter coragem de comer era tortura. Então desobedeci a razão e comi. Com desgosto, só para suprir o instinto. Estava deliciosa. Enquanto mastigava o *whoopie pie*, engasguei com alguma coisa. Gosto metálico. Cuspo o chocolate. Na minha mão, está uma aliança.

Dourado. Design trançado. Cristal solitário e conhecido. Olhando de dentro do anel, podia-se ler: "Para a flor mais bonita do meu jardim, Lily". Engasguei novamente, tossi, tossi e tossi até vomitar, aos prantos. Me afastei da parte do cômodo que estava suja. Chorar sempre me deu sono. E por mais que eu me concentrasse muito para ficar acordada, não conseguia. Havia alguma coisa naquela comida, eu tinha certeza. Mais uma vez, apaguei.

§ § §

Quando acordei, já era manhã. A janela estivera aberta a noite toda, por isso o ambiente estava congelante. A luz que vinha do lado de fora não era de um dia ensolarado, mas sim de um céu cinza, uma promessa de chuva. Eu me levantei meio desorientada, um daqueles momentos de amnésia instantânea. Depois tudo veio à tona e eu tomei consciência do perigo que estava correndo. Fui até um dos espelhos para avaliar o estrago do machucado através do outro espelho, atrás de mim. Eu precisaria de alguns pontos, mas o sangue parecia já ter coagulado.

Alguém havia limpado o vômito da noite anterior, mas não quis me amarrar novamente. Eu definitivamente precisava de um banho e iria tomá-lo assim que desse um jeito de sair dali. Agora eu estava determinada a escapar, nem que tivesse que puxar toda a força de minhas entranhas para lutar contra Horus. Preferia morrer com bravura. Horus não merecia meu desespero.

Como ele tinha conseguido a aliança da minha avó? Estava na minha casa, em Sacramento. Em outro continente. Dois meses tinham sido suficientes para ele se esconder por lá? Meus pais. Santo

Deus! Fazia quase uma semana que não falava com eles. Meu Deus, meu Deus, Carrie estaria surtando, pois já era manhã de domingo e eu ainda não havia aparecido. Em meio a muitos outros devaneios, alguém bateu à porta, fazendo meu coração subir à boca e voltar.

Abri a porta no primeiro impulso que tive. Nada. Olhei para meus pés, as sapatilhas imundas agora incomodavam. Mais à frente, estava um vaso. Lírios de todas as cores. No meio deles, uma foto de toda a família reunida. Cinco passos. Um toque. Nada como usar um trauma antigo para criar um novo.

Levei o vaso para dentro, ainda apática. Joguei-o contra o espelho, quebrando ambos. Estava perdendo a paciência e o controle. Procurei recuperar-me. Deitei-me no chão, de costas para a porta. E o vi, pela primeira vez, através do espelho, chegar. Fingi estar dormindo. Planejei atacá-lo com um dos cacos afiados que restaram do meu ataque de nervos assim que tivesse uma oportunidade. Horus entrou com uma vitrola. Colocou jazz para tocar. Era uma música similar aos filmes burlescos, do circo maldito. Colocou um tabuleiro no chão, posicionou as peças ao seu redor. Encheu dois copos com um líquido avermelhado. Apenas um ornamento, como se eu fosse alguma criança que se assustasse com a cor de uma bebida. Claramente, ele queria um espetáculo de horrores. Não éramos vampiros, não bebíamos sangue, ele já havia me forçado a ver um braço arrancado do resto do corpo, então realmente não sabia aonde ele pretendia chegar com todo aquele teatro. Passei alguns minutos imóvel, virei-me e sentei-me.

– Bom dia.

Aquele dia era tudo, menos bom.

– Onde pegou o anel?

– Quer mesmo que eu responda?

Não disse nada.

Ele cantarolava o refrão da música. Sua voz ecoava pela cabana vazia. Ele olhou para o vaso quebrado e as flores espalhadas.

– Gostou do meu presente? – Horus ironizou.

Cruzei os braços.

– Deve ser muito entediante estar aqui o dia inteiro. Livre, mas sem poder sair. Que tal brincarmos um pouco?

Meus olhos brilharam. Que tipo de proposta ele estava prestes a fazer? Eu já havia visto aquele tabuleiro em algum lugar.

– Já jogou Bagha-Chall?

Bagha-Chall... Ah, sim! Não era esse o jogo que meu avô jogava comigo toda vez que a energia acabava? Um tabuleiro com 25 posições possíveis, compostas por linhas que se cruzam. Quatro tigres e vinte cabras. Tigres devoram cabras e cabras cercam tigres, imobilizando-os. Tigres ganham se devorarem cinco cabras e cabras ganham se imobilizarem os quatro tigres.

– Já – respondi.

– Então, posso ser a cabra?

Olhei para o tabuleiro, desconfiada, antes de responder:

– Tanto faz.

– Chá gelado? – Ele encheu um copo com o líquido. Fiz que não com a cabeça. – Vamos deixar as coisas mais interessantes. A cada ponto seu, você me faz uma pergunta. A cada ponto meu, eu te faço uma pergunta.

– O que deseja saber? Age como se soubesse tudo a meu respeito.

– É você quem está dizendo – ele disse, levantando o copo, como se brindasse meu sofrimento sozinho. Louco.

Ele posicionava cada cabra à medida que eu movia meus tigres. Devorei a primeira. Sabia que havia sido de propósito.

– Por que matou minha avó?

– Porque eu tinha um segredo. Ela descobriu e quis contar para pessoas que não deveriam saber.

Poucas jogadas depois, ele cercou um de meus tigres.

– Está aqui livre. Por que não fugiu até agora?

Droga.

– Porque sei que você machucaria outras pessoas para me sequestrar de novo. Assim como sei que, se eu fugir agora, você sairá atrás de mim até me matar. Mas não fique tão tranquilo, Horus. Eu não sou tão medrosa assim.

– Você é uma pseudo-heroína, mocinha.

– E você um pseudovilão.

Muitos movimentos sem resultado. Horus sabia se esquivar e brincar com a minha visão. Foi assim que, muitas vezes, ele chegou perto de cercar todos os meus tigres. Por sorte, eu sabia revidar. Mais uma cabra devorada.

– Por que veio atrás de mim?

– Você foi a única pessoa que viu Lily morrer. Não deixo rastros.

Eu ri.

– Se eu fosse apenas um rastro, você teria me matado em uma das mil oportunidades que teve para fazê-lo. Seja, no mínimo, realista, Horus. Isso é pessoal.

Isso se repetiu por mais duas vezes. Ele mudava a posição de suas cabras sem objetivo nenhum. Não que houvesse muito a ser perguntado por ele. Gostava de matar tempo.

Na terceira cabra, questionei-o se minha família estava em segurança.

– Talvez. Nem deram por falta desse anel. Eles planejavam dá-lo a você no Natal, meu anjo. Carrie está perambulando pela cidade procurando por você. Ainda não chamou a polícia, mas, assim que ela fizer isso, vou saber e o túmulo da sua família ganhará mais uma lápide.

Eu precisava de mais duas cabras para vencer o jogo. Duas perguntas. Ele enquadrou suas peças e cercou um de meus tigres, me deixando apenas com dois.

– Enquanto você não se educa, é um lobo selvagem. Pode matar, pode se matar. Você teria coragem de matar alguém, Erin?

Pensei um pouco. Eu o mataria?

– Se fosse preciso, sim. E se fosse você, sem hesitação.

Julie. Eu. Horus. Horus, com toda certeza do mundo (se é que é possível se ter alguma certeza nesse caso), matou Julie. Caso contrário, por que teria me perguntado justo isso? Era o assassino que estava sendo caçado há meses e continuaria sendo procurado enquanto o caso estivesse em aberto.

Rápida, devorei sua quarta cabra.

– Qual era seu segredo?

Silêncio. Repeti a pergunta e ele apenas mexeu a cabeça, como se estivesse me negando uma resposta.

– Tão previsível. Você arma um teatro, toda uma tortura, e me dá meia dúzia de informações, sabendo que não vou ficar satisfeita com pedaços de histórias. Mas eu fiz várias perguntas e...

– E eu nunca disse que iria respondê-las do jeito que você quisesse ouvir.

Senti o sangue ferver. Eu estava exausta e furiosa. Nunca havia me sentido tão ingênua. Virei o tabuleiro, derrubando todas as peças. Peguei um dos tigres, feito de vidro, e choquei-o contra a cabeça de Horus. Sua testa começou a sangrar. Ele me olhou, irado. Era minha hora de sair dali. Ele estava ocupado demais contendo o sangramento, mas não o bastante para me deixar fugir. O lobo grande e preto havia voltado e estava furioso. Antes que eu pudesse fazer alguma coisa, ele já estava rugindo e me jogando na parede. Também não deixei por menos. Avancei em sua direção com a boca aberta, cravando as presas em seu pelo escuro. Lutamos por um tempo. Sabia que eu não conseguiria ganhar, mas estava indo bem. Assim que conseguiu se soltar, ele saiu, fazendo a porta bater com força. Agora eu estava trancada.

12

Sim, eu estava com fome. Sim, eu estava cansada. Sim, eu estava com dor. Sim, eu estava com sede. Sim, eu estava com muita, muita vontade de sair correndo dali. Não, eu não ia comer ou beber nada do que aquele imprestável me oferecesse. Não, não tinha nada que fizesse minha dor melhorar. Não, eu não deveria fugir, porque ele estava lá fora. E eu sabia, pois o vi passar por uma fresta da janela.

Deveria esperar por resgate e reduzir os riscos como uma boa donzela em perigo. Dane-se, eu nunca tive muita paciência mesmo! Gastei alguns minutos pensando na melhor rota de fuga e optei pelo que me pareceu mais seguro. No projeto de banheiro daquele casebre, havia um basculante, pelo qual eu poderia passar. Seria um tanto quanto difícil, mas, considerando as opções que eu tinha, era o melhor que eu poderia fazer. Lá fora eu me virava como pudesse.

Estava pronta para atravessar a pequena janela, quando me lembrei do anel. Procurei-o nos bolsos da calça e do moletom. Nada. Voltei. Vasculhei todo o banheiro, mas onde eu o havia deixado? Comecei a ficar meio tonta. Olhei cada canto da sala vazia.

Nada. Senti cheiro de gasolina. Ah, não… Talvez estivesse delirando. Finalmente, achei o anel embaixo do tabuleiro de Bagha-Chall. Parei um instante só para recuperar o fôlego. Ouvi um estouro. Um tiro.

Como estava quente. E como eu estava cansada. Era só pânico ou estava ficando impossível respirar? Sentei um pouco. O que pareciam ser horas durou apenas alguns minutos. Pelo espelho, eu vi. A luz que veio da janela fez meu corpo se endireitar de pavor. Fogo. Lá fora, as chamas lambiam as paredes feitas de madeira. Logo, as labaredas estavam por toda parte. Eu estava presa. Corri até o basculante, pois a porta já se retorcia em cinzas. Com muito medo e muita dificuldade, consegui saltar longe das chamas e caí em um arbusto.

Analisei rapidamente meus machucados. A cabeça devia precisar de uns pontos, podia sentir minhas pernas arranhadas e terminaria com alguns hematomas espalhados pelo corpo. Mas no geral, eu estava bem. Fui até a frente da casa e, para minha surpresa (ou não), havia alguns lobos se atracando por minha causa. Horus lutava com Peter e Marc, enquanto Kira e Blair pareciam me procurar.

– Estou aqui! – gritei.

Mas, em vez de sorrir, as duas fizeram cara de desespero. Nesse momento, Horus saiu correndo. Marc, Kira e Peter o seguiram. Blair correu em minha direção, dizendo:

– Scott está lá dentro!

Não. *Por favor, seja mentira. Por favor, saia vivo, saia sorrindo, me abraçando e pedindo desculpas pela briga de ontem. Por favor, brigue mais algumas vezes comigo. Por favor. Eu deixo você me levar em casa todas as vezes que eu te visitar. Por favor, faça as pazes comigo mais uma centena de vezes.*

§ § §

Mal havia ouvido a notícia e já estava de joelhos, com a boca sendo coberta pelas mãos, enquanto assistia à casa cair, pouco a pouco. E chorava como há muito tempo não fazia. Gritei por ele. Chamei seu nome. Eu sabia que não havia mais o que fazer. Ele havia entrado à minha procura e, quando se deu conta de que eu não estava lá, já era tarde demais. De novo não. Eu me recusava a passar por tudo de novo. Me recusava a perder e sofrer novamente.

Olhei para Blair e ela também estava imóvel. Não havia mais nada a ser feito. A casa estava se desfazendo, pois madeira pega fogo muito rápido.

– SCOTT! – nós gritávamos.

A fumaça havia tomado conta do lugar e competia com as lágrimas para ver quem tinha mais espaço nos meus olhos. Não sei dizer quem estava ganhando.

– Já era – Blair lamentou, em prantos. – Não vamos conseguir achar meu irmão.

– A culpa é minha, ele entrou aqui por minha causa – eu disse.

– Não, Erin. Eu não vou deixar você se culpar por isso. Horus foi quem começou o incêndio.

– E agora... nós só vamos embora? – eu perguntei.

Eu não podia suportar. Não conseguiria aguentar de novo. Então percebi que, embora me induzisse às maiores sandices, me provocasse uma mistura infindável de certezas e dúvidas, Scott havia sido capaz de me conquistar sem que eu pudesse perceber. E agora eu o amava muito. Ele não poderia ter ido tão subitamente, sem que eu tivesse a chance de dizer isso em alto e bom som.

§ § §

Kira e os meninos se aproximavam da casa.

— Ai, meu Deus, o que aconteceu com vocês? Estão bem?
Suspirei, assentindo com a cabeça. Chorava muito e Blair não estava num estado muito diferente do meu.
— Cadê ele? — Blair perguntou.
— Ele escapou.
Kira, então, perguntou por Scott, pois nós só chorávamos.
— Não — Luke disse. Ele colocou as mãos na nuca.
Não sabíamos como reagir. A casa já era quase toda cinzas. Nelas mesmas se perdiam as minhas cores. O amor se vai. Mais uma vez.

§ § §

Passamos no hospital para que eu levasse os pontos e cuidasse dos outros machucados. Luke e Blair também foram atendidos, mas seus ferimentos, ao contrário dos meus, estavam cobertos pelas roupas. Eu estava encrencada. Chegamos ao meu apartamento a tempo de encontrar Carrie na sala, desfalecida de preocupação. O pior não era a mentira, mas o disfarce do choro e do desespero. De dois em dois minutos, um tsunami me invadia. Mas quem dera a enchente fosse em só um par de olhos.
— Menina, por onde você andou? Eu já estava quase ligando para a polícia. A Olive disse que vocês tinham ido procurá-la. Erin, onde é que você estava?!
Me sentei, sabendo que aquela seria uma longa mentira para contar.
— Me assaltaram, pegaram minha bicicleta, perdi meu celular e me deram uma paulada na cabeça. Eu acabei me perdendo. Fui parar na casa da Charlotte e...
— Era só ter me ligado de lá! Erin Harrisson, não se atreva a mentir para mim que eu acabo com todas as suas regalias.

Meus olhos brilharam em lágrimas e eu vi a preocupação de Carrie virar medo.

Ela ia tagarelar mais algumas ameaças, mas Blair interviu:

– Carrie, por que não a deixa dormir um pouco? Não percebe que, de tão cansada e traumatizada, ela não fala coisa com coisa?

Luke me olhava de lado. Esperei o aval de minha tia e fui para o quarto. Enquanto isso, Carrie oferecia um chá aos meus amigos. Eles riam, tranquilizando-a, e tentavam distraí-la e a deixar mais calma, para que eu não tivesse que dar maiores explicações a ela.

Chegando no quarto, me tranquei e guardei o anel numa caixinha. Chorei mais do que imaginei ser possível. Ele havia morrido. Não existiam maneiras de escapar de um lugar tão terrível como aquele. Ele havia ido embora. A perda. A despedida. Todas as lembranças. Estava tudo perdido.

§ § §

Na manhã seguinte, Carrie saiu para trabalhar e me liberou de todas as tarefas do dia. Decidi, então, pegar um táxi até a casa de Olive, onde ela provavelmente estaria se debulhando em lágrimas. A mulher havia perdido um filho. Por minha causa. Não há muito que dizer sobre isso. A dor era inenarrável.

Chegando lá, fui recebida com muitas lágrimas e nenhuma acusação. Ao mesmo tempo em que celebravam a conservação da minha vida, sofriam pela morte de Scott. Cada um estava num canto da casa, sofrendo à sua maneira. O luto é algo muito particular. Os meninos haviam voltado ao casebre para ver se Scott não tinha conseguido escapar e estava pelas redondezas. Infelizmente, a resposta era não.

Lá pelas tantas, me sentei com Olive num dos sofás que dava para a janela da frente da casa.

– Inacreditável. Ele morreu à minha procura e eu nem pude me despedir – eu disse.

– Não faça isso, Erin. A culpa nunca foi sua. A culpa foi minha, por insistir num casamento perdido com um homem de caráter duvidável. Eu era tão independente antes de conhecê-lo. Lá pelas tantas, já era completamente submissa ao machismo dele. Nunca pensei que ia abaixar a cabeça para um homem. A culpa é minha. Por não entregar o assassino da minha melhor amiga. E, principalmente, por não ter feito nada sobre isso nos últimos meses, mesmo com a sua chegada.

– A minha chegada foi a partida de Scott. Isso não é justo.

– A vida não funciona como uma balança. Ela é mais surpreendente do que justa. Um dia você vai entender melhor.

Um vulto passou na rua vazia. Estremeci. Horus não podia atacar em hora pior.

– Eu não sou criança, Olive, eu entendo. Mas seu filho… – Fui tomada por lágrimas. – Ele era incrível.

Então eu vi.

– Você está certa. Scott era um menino amoroso. Disposto a tudo por quem amava. É tão estranho falar dele no passado, quase sinto como se ele ainda estivesse aqui. Queria pelo menos poder enterrá-lo, me despedir.

– Talvez você não precise.

Corri até a porta. Era mesmo ele. Sujo de terra e cinzas, machucado e cheio de queimaduras. Me joguei no abraço que eu chamava de casa. O lugar que fazia com que me sentisse mais em um lar do que Londres, do que a Califórnia.

– Você é maluco. Quase mata todos nós de susto – eu disse, chorando. – Mas eu te amo. Eu te amo muito.

– Eu também te amo. E você é mais maluca ainda.

Àquela altura todos já estavam na porta da casa, abraçando Scott e lhe cobrando explicações. Ele havia conseguido fugir por uma janela, mas caiu num barranco e desmaiou. Algumas horas depois, acordou e viu que o incêndio havia acabado. Me procurou por toda parte, mas não me encontrou. Concluiu, então, que eu havia escapado. Então, ele andou por todo canto até conseguir chegar em casa. De todas as histórias que eu conhecia até então, essa era a que eu mais gostava. Porque, se o final fosse diferente, eu não sei se sobreviveria.

Passei a tarde na casa de Olive, ajudando a cuidar de Scott e me certificando de que todos estavam bem. Quando obtive essa certeza, já era hora de ir embora. Mesmo que não quisesse desgrudar de Scott, precisava ir. Afinal, ele precisava descansar e eu teria de ir à escola no dia seguinte.

13

Quando acordei já eram quase nove da noite. Minha tia estava na cozinha, tomando um café.
– Você está melhor?
– Estou.
– O que tem feito para o desfile?
– Deixei alguns desenhos na sua mesa do escritório.
– Vou dar uma olhada quando for lá de manhã.
– Tudo bem.
Ela bem que tentou não tocar no assunto, mas não conseguiu.
– A gente devia dar queixa desse assalto.
– Não precisa.
– Você ficou sem bicicleta. Tem certeza de que não quer ir à delegacia, pelo menos, para ver se eles não a acham, não?
– Não.
– Não ligo, vou dar queixa do mesmo jeito.
Na segunda-feira, fui tirada da cama à força. Carrie jogou meus lençóis fora, me bateu com o travesseiro e me chamou milhares de vezes. Nada fez efeito. Bacon entrou no quarto e foi a solução do

problema: pulou em cima de mim, me fazendo despertar. Acordei assustada com aquela figura amarela e brincalhona lambendo meu rosto. Me arrumei rápido, na esperança de ganhar uma carona de minha tia (já que agora estava sem bicicleta), e ganhei. Charlotte, Sophie, Amanda e Victoria estavam no portão e vieram até o carro.

– Oi, meninas – Carrie cumprimentou. – Charlotte, muito obrigada por ter deixado a Erin ficar na sua casa enquanto ela não estava bem.

Todas pareciam confusas. Fiquei pálida. Nunca sei quando isso acontece, mas juro por tudo que, naquela hora, o sangue fugiu do meu rosto. Olhei para Charlotte pela janela, implorando com os olhos que ela apenas confirmasse a história. Felizmente, ela me entendeu.

– Não foi nada, Carrie.

O sinal tocou naquele instante. Salva pelo gongo.

– Acho que é minha hora. Bom dia, Carrie.

Saí do carro o mais rápido que pude. Charlotte não estava satisfeita com a nossa mentira.

– Agora você vai ter que me explicar por que eu tive que mentir pra sua tia e o que você fez no fim de semana.

– Não vai ser fácil – eu ri –, mas juro que eu tento.

– Você estava com Scott? Estava numa festa?

– Na verdade, não.

– Então o que você estava fazendo? Ah, não, Erin. Você me fez mentir pra sua tia, agora vai ter que falar o porquê.

– Fui assaltada, me perdi e acabei passando quase dois dias fora.

– Não me convenceu.

– É sério, gente. Podem perguntar para o Scott.

– Vai ter que me compensar pela mentira, viu? Quero aquela bolsa da Carrie's nos meus ombros.

– Tá bom, eu vou tentar conseguir uma para você. Pode ser no seu aniversário?

– Seis meses são o suficiente para uma mais bonita aparecer. Duas semanas e não encho mais sua paciência.

Fiz cara de tédio.

– Por favor.

– Tá.

– A gente pode combinar uma noite do pijama *de verdade* agora.

Revirei os olhos.

– É, a gente pode.

14

A semana passou bem mais rápido do que eu desejava. Logo, eu estava de volta ao trabalho. Não havia muita papelada para organizar, tampouco assinar, mas deveríamos visitar o lugar do desfile. Era um salão bem grande, com uma escadaria muito bonita. Aparentemente, os convidados ficariam no andar de baixo e as modelos sairiam do mezanino, desfilariam até a porta do jardim de inverno e sairiam de lá, juntas. Depois, eu, Elizabeth e Aaron faríamos o mesmo, seguidos por Carrie e seu *gran finale*. O caminho para todos nós seria um tapete preto simples, isso daria mais destaque e graça às roupas desenhadas por nós quatro (deixando claro que Carrie fez a maior parte delas e ainda ajustou as nossas).

– Acho que está tudo ok.

Aaron adorou a conclusão:

– Então podemos ir? Preciso de um café urgente.

– Podemos, podemos.

Demos uma passada rápida na Starbucks, exaustos. Sério, colocar ordem em fornecedores, decoradores e modelos era absolutamente cansativo. Não entendo como Carrie tem paciência para tanto tique nervoso.

– Acho que a Carrie chamou Rachel Zoe para o desfile.

Agora o tique nervoso era meu. Já sabia que a lista de convidados contava com algumas personalidades que eu admirava demais, como Olivia Palermo, Alexa Chung e Ashton Kutcher, mas não imaginava que a Carrie's já estava tão perto do topo! Se ela tinha chamado Rachel Zoe, com certeza tinha chamado outros estilistas. Só Deus sabe quem poderia estar lá. De repente, uma mensagem me tirou de meus devaneios.

"Já está melhor? Você tem que me contar o que houve naqueles dias."

Scott. Sorriso idiota.

"Vou tentar ir à sua casa esta semana. Tá todo mundo bem?"

Dez minutos. Uma resposta. Finalmente.

"Tá. Você não prefere sair, não?"

"Prefiro."

"Sábado, sete horas, no Pizza Express?"

"Tudo bem (:"

Dali pra frente, a semana podia passar rápido, que eu não ligava. Na verdade, tinha que voar. E voou. Passando por alguns ataques de Carrie e mamãe pelo Skype (ela não gostou de saber que eu fui assaltada e que estava sem bicicleta), semana de provas na escola e muito, muito trabalho na Carrie´s, consegui chegar inteira no sábado. Vestido, jaqueta de couro e sapatilha. Um anel. Dois colares. O trânsito me atrasou vinte minutos. Na mesa do fundo, havia um rapaz. Aflito, olhava o relógio de vez em quando. Tapei-lhe os olhos por trás.

– Oi.

– Oi. Tudo bem?

– Tudo. Tirou os pontos?
– Ainda não.
– Ele te machucou de verdade.
Dei de ombros.
– Vai ter volta. E não é como se você também tivesse saído inteiro. Obrigada por correr tantos riscos por minha causa.
– Eu correria todos eles de novo – ele sorriu –, mesmo sabendo que tem uma loba morta de raiva de mim. – De repente, ficou sério. – Mas o que ele te fez?
– Deixe-me ver... Me colocou numa sala cheia de espelhos para que eu pudesse ver o estado horroroso em que eu estava, quase me matou engasgada com o anel de noivado da minha avó, perdeu de mim no Bagha-Chall e me deu lírios.
– Lírios?
– Lily, lírios; lírios, Lily... Entendeu? É, eu também não. Mas ele é maluco e eu já estava bem alterada, então acho que foi uma tentativa de me lembrar da minha avó.
Baixei os olhos, fixos no prato.
– Sim. Para quem já estava traumatizada, você não parece mal – ele riu. – E você deixou por menos? Não deu nem um tapinha nele?
– Quase isso. Joguei uma peça de vidro na cabeça dele e caí na porrada.
Sorri quadrado. Ele estava surpreso.
– E descobri que ele tem um segredo.
– Que é...?
– Não sei. Mas acho bem possível que a gente descubra daqui a um tempo.
Fizemos o pedido. A noite foi maravilhosa. Scott tinha várias maneiras de me fazer rir e inúmeras histórias sobre a cidade, as pessoas e os amigos. Fomos dançar em uma boate sem nome do Soho.

Não bebi nada alcoólico. Eu já falo demais sóbria, então não quero nem imaginar o que eu poderia fazer bêbada. Dinheiro não compra classe, então melhor manter a compostura que eu já me esforçava para ter. Na volta pra casa, Scott e eu conversávamos animadamente sobre aventuras.

– Erin, quantas loucuras você já fez na vida?

– Uma, duas, três, cinco, trinta, quinhentas... Ahn... Perdi as contas.

– Faz mais uma?

– O que você quer que eu faça?

– Seja minha namorada.

Droga, por que a música seguinte tinha que ser tão lenta?

– Mais uma loucura, então – sorri e o beijei. – Nossa.

Nos distraímos e acabamos nos esquecendo do sinal de trânsito à nossa frente. Buzinas soavam atrás do carro, e tive um ataque de riso. Graças a Deus, chegamos ilesos ao condomínio. Incrível como, quando se está feliz, tudo parece melhor. Naquela noite, o sorvete estava mais gostoso, a pizza, menos gordurosa, meu cabelo brilhava mais, a roupa nunca me caíra tão bem, Scott tinha os olhos mais azuis do mundo, seu cabelo parecia mais loiro e a cidade cinza parecia muito mais colorida. A felicidade é a condição natural do homem. E nada era mais natural do que estar no lugar certo na hora certa com as pessoas certas. Eu estava exatamente aí.

– Está entregue.

– Obrigada por hoje. Eu precisava disso, depois de tudo.

– Posso te ligar?

Ah, Deus, como estava morrendo para ouvir essa pergunta.

– Pode.

O último beijo da noite foi dado ao som de Maroon 5.

– Juízo. E, ah, cuidado com o lobo mau.

– Não se preocupa. Eu dou conta dele. – Levantei os braços finos, fingindo ser forte. – E dos que vierem depois.

Ele sorriu.

– Cuidado, hein.

Olhei para trás e o vi sorrir de lado. Depois, arrancou na avenida e sumiu na esquina. Carrie não estava em casa, pra variar. Entrei no Facebook e fui bombardeada de notificações, afinal fazia muito tempo que eu não sentia a necessidade absurda de conversar com os amigos de longe.

Amy agradeceu pelo Lady Million que eu havia lhe mandado. Trisha perguntou como andava minha vida (se ela soubesse...), contou que dois amigos nossos estavam juntos e digitou a longa lista de novidades que você obriga seus amigos a contar quando você está a um oceano de distância. Charlotte me cobrou a bolsa, e mamãe reclamou da minha falta de tempo para falar com ela e me mandou entrar no Skype.

– Eu não consigo decidir se você estuda demais, trabalha demais ou se simplesmente só fica saindo e não dá mais atenção a sua vida aqui.

– Desculpa, desculpa. A gente tem um desfile daqui a um tempinho, eu estou na semana de provas na St. Charles e Carrie tem sempre muitas festas, e eu também tenho as minhas, aí não fico muito em casa. Quando você vem aqui, mãe?

– Não sei, mas você vem passar as férias aqui.

Ouvi barulho de fechadura. Carrie havia chegado. Deixei as duas conversarem por algum tempo e me despedi de mamãe algum tempo depois.

– Carrie, você poderia me arrumar uma daquelas bolsas novas da grife?

– Qual exatamente?

De qual Charlotte gostaria mais?
– Uma como aquela turquesa. Grande, com metal.
– Sério? Você quer uma?
– É pra Charlotte. É que ela está querendo comprar uma. Tá quase vendendo os rins por uma daquelas, aí eu pensei que talvez, só talvez, a gente podia dar uma de presente para ela. Por favor?
– Vou ver isso depois.
– Jura?
– Juro. Onde você estava?
– Eu? Ahn, estava com o Scott.
– Aaaawnnn... Que bonitinho, vou desenhar seu vestido de noiva.
Idiota.
– Me poupa, Carrie.
– Ah, mas é verdade. Vou te encher de tule e renda. Vai ser um vestido beeem rodado, de princesa, de bailarina – ela ria –, um cinto fininho, de brilhantes vai bem. – Gargalhei. – Ah, já sei! Um decote de coração, com pregas bem caprichadas. Drapeado? Hum, não. Drapeado não. Um véu com um corte bonito, uma coroa pequena, talvez? Uma tiara? A grinalda tem que ser grande e de um tecido nobre...

Então percebi que ela só queria me fazer rir. Eu tinha passado a semana bem séria, bem fora do meu normal. Ela não era nenhuma idiota, não havia engolido a história do assalto, mas pelo menos queria me ver sorrindo. Estava preocupada, mas se eu tivesse sorte (eu iria precisar de muita), ela não diria nada à mamãe.

15

Na semana seguinte, já às vésperas do desfile, fomos novamente ao salão onde ele seria realizado. Afinal, já era hora de arrumar tudo. Primeiro, fizemos a última degustação do jantar e dos doces que seriam servidos aos convidados, o que foi minha parte preferida. Eu comi tanto, que quase saí rolando escada abaixo. Depois, começamos a orientar os assistentes sobre as cortinas, as luzes, as velas, os arranjos e todo o resto que precisava ser montado no mesmo dia. Quando colocaram a cortina branca escolhida por Liza, o salão começou a tomar forma. Meu telefone tocou.

– *Erin, estou chegando, mas preciso do telefone da Olive ou do Scott agora.*

– Pra quê?!

– *Porque eu quero.*

– Pra quê você quer?!

– *Vou chamar seus amigos para vir aqui hoje à noite.*

Eu tive a impressão de que isso não iria dar certo.

– Ah, não, Carrie. Não inventa.

Comecei a despejar argumentos, na tentativa de convencê-la.

– *Antissocial, antissocial* – ela começou a repetir, interrompendo meus protestos –, *antissocial, an-tis-so-ci-al. Vou chamar sim. Passa logo, senão eu vou me atrasar mais ainda.*

Depois de muitas reclamações, passei o número.

Cheguei em casa duas horas depois, acabada, com Carrie superfeliz, pedindo comida na Couvert, enquanto eu morria de sono, correndo para tomar banho, me arrumar razoavelmente e tentar ganhar tempo, já que em quarenta minutos eles estariam ali. Ryan também viria. Por mais inacreditável que parecesse, ela já o namorava há mais de um ano e mantinha escondido de mim (já que aparentemente meus pais sabiam), porque não queria que eu achasse que estava atrapalhando e decidisse ir embora.

Não sei se já mencionei, mas quando minha tia se mudou para a Inglaterra, ela sumiu por uns tempos, pois estava afogada em trabalho, estágio e tudo mais. Só voltou a aparecer quando a grife já estava no topo, ou seja, um ano e alguns meses antes de a vovó morrer. Eu tinha um pouco de raiva dela por meio que abandonar nossa família. Poxa, a vovó só tinha duas filhas. Uma que mal conseguia tempo para a própria filha e outra que morava a um oceano de distância e não dava sinal de vida. Por que ela precisava sumir tanto? Tudo bem, a vovó viajava de vez em quando para Londres (agora eu entendia o porquê), mas, ainda assim, foram quase três anos e meio sem passar um Natal em casa.

Já havia meses desde a morte dela e eu ainda conseguia ver aquela coisa gigante e preta que eu não sabia se era um urso ou um lobo arranhando-a e mordendo-a. Tenho certeza de que Horus deu seu *jeitinho* de se livrar da investigação. Era bem o feitio dele. Eu sei que vingança é errado, mas será que não seria certo nessa situação?

Nem que fosse uma luta justa? Eu sentia muita, muita falta dela. E, volta e meia, Horus fazia minha vida virar um inferno.

Eu me lembro de quando a vovó mandou colocarem meu balanço na árvore. Ela encheu as hastes com flores de plástico e me balançava bem alto. "Mais alto, mais alto, mais alto, mais alto, mais alto", eu lhe pedia. Lembro-me de quando me deu uma casa de bonecas bem grande, em que eu conseguia entrar e brincar com minhas Barbies. Também me lembro de quando me deu um livro ilustrado da Chapeuzinho Vermelho, com os desenhos feitos à mão, e o livro, bem antigo, passava de geração em geração, sendo o conto favorito de muitas das meninas que o liam. Tenho lembranças de quando nós fizemos uma casa para os passarinhos e de quando pintávamos juntas na varanda. Vovó era uma companhia adorável e não merecia ter passado aquilo tudo nas mãos de Horus.

Meus amigos (para não dizer minha matilha) chegaram na hora marcada. Eu estava deitada na cama, pensando um pouco, quando a campainha soou. Tinha escolhido uma blusa de manga comprida vermelha que tinha o rosto de um tigre na frente, jeans, um colar de andorinhas e as Havaianas que Amálie, amiga francesa de Carrie, tinha trago do Brasil. Ouviram-se muitos cumprimentos e muitas risadas.

– Boa noite! – todos diziam.

Hanna estava uma graça de vestido.

– Meu Deus, você está linda.

– Carrie, você cortou o cabelo.

– Ficou diferente, não é?

Só então notei que a mesa de jantar estava posta. Minha tia devia ter arrumado tudo enquanto eu estava trancada no quarto. Estávamos nos acomodando nos sofás quando a campainha soou mais uma vez. Ryan entrou com uma garrafa de vinho. Carrie devia ter contatos por toda a cidade, porque ela conseguiu trazer um jantar da Couvert (que incluía filé, camarão, risoto, salada, acompanhamentos e dois tipos de sobremesa) para casa. Dia desses, ainda vou roubar a agenda dela. Obviamente, nenhum de nós poupou elogios ao cardápio.

– Carrie, isso está fantástico. Nunca comi um Veau à La Chasseur melhor do que este.

Olive estava maravilhada com tudo. Acredito que ela não tenha o costume de sair e suponho que Horus a oprimia o bastante para não deixá-la fazer o que gostava.

– E o que dizer desse camarão com queijo gorgonzola?

Carrie não disse nada que a entregasse, mas dava para ver que ela estava orgulhosa e muito, muito feliz. Ela virou-se para Ryan:

– Por que você não faz as honras e abre o vinho?

– Espera só um pouquinho, amor. Hora da sobremesa, gente. Temos morangos flambados com sorvete e brownies.

Comemos, rimos e conversamos. E foi uma das melhores noites que tive na Inglaterra. Sentamos então, estufados e satisfeitos, no sofá. Carrie continuava insistindo que Ryan abrisse o vinho. Mas ele disse que precisava fazer uma coisa antes.

– Carrie, há quase dois anos, eu conheci uma mulher incrível. Ela era inteligente, diferente, estudiosa, ocupada e não dava a mínima para os meus clichês. Ela tinha um gênio absurdamente teimoso e ainda assim era encantadora. – Minha tia estava pálida. – Nunca parou até conseguir o que queria e, quando conseguiu, só ganhou mais ambição e ainda mais sucesso. Ela é um espetáculo em tudo o que faz, inclusive em me fazer feliz. – Ele a pegou pelo braço e se pôs de joelhos, tirando uma caixinha da Tiffany do bolso, enquanto todas as figuras femininas que ocupavam aquela sala pensavam "ai, meu Deus". – Carrie Harisson Smith, quer se casar comigo?

Houve um breve silêncio de apreensão antes de ela responder, sorrindo:

– Sim!

Todos batemos palmas e comemoramos a felicidade dos noivos. Me forcei a não me esquecer de dar as notícias à mamãe, que ficaria furiosa ao saber que sua irmã caçula estava noiva e ela era a última a saber. Só aí minha tia entendeu por que Ryan não deixou ninguém abrir o vinho, ele estava esperando o brinde.

– A sobrinha tem que fazer um discurso! – Marc gritou do fundo da sala.

Imediatamente todos começaram a cantar "Discurso! Discurso!". Carrie parecia interessada no que eu tinha a dizer. Bacon latia de felicidade. Fiquei um pouco nervosa e dei uma enrolada:

– Bem, um dia eu cheguei em casa e encontrei um *casal* se beijando no meu sofá. Esse casal é muito bom em esconder segredos... – Fuzilei Carrie, sem saber muito bem o que dizer. – E em ser feliz. Por isso, aos noivos!

– Aos noivos! – todos responderam.

Scott trouxera um álbum de fotos, então nós nos deitamos no tapete da sala de televisão e começamos a folheá-lo. Havia fotos muito antigas que vinham desde os primórdios de 1890 até agora. Achamos vários parentes que eram muito parecidos conosco.

– Luke de barba, bigode e cavanhaque. – Apontei para um senhor muito sério, forte e engraçado.

– Engraçadona, você!

– Olha, Kira, uma girafa albina como você. – Peter explodiu em gargalhadas e apontou para uma mulher de vestido de época, alta, não tão magra quanto a Kira de verdade, mas com cabelos num loiro tão albino quanto o dela. Kira nem respondeu, mas fez uma careta tão brava, que Peter foi parando de rir.

Aí, achamos uma foto mais recente, com a data de dois anos atrás, de uma moça que deveria ter uns cinquenta anos, mas que ainda assim era muito bonita. Pele clara, pouquíssimas marcas de expressão, cabelos ruivos repicados na altura dos ombros e olhos verdes.

– Quem é ela? – perguntei.

– Não sei. Tem o nome aqui? – Scott olhou o verso em busca de algum escrito.

– "Gabriele Chantall Rogers, *miene liebe*" – Blair leu. – Maida Vale, número 980. Quem quer que seja, mora aqui em Londres. Mas o que é *"miene liebe"*? Parece alemão ou algo assim.

Busquei o iPad no quarto e iniciei uma pesquisa com as palavras da foto. Fui de surpresa a chocada em dois segundos.

– Meu amor?!

– Eu – Scott respondeu, rindo.

– Você não, idiota. *"Miene liebe"*. Significa "meu amor".

Paramos alguns segundos para pensar no que aquilo significava, quando na verdade todos nós sabíamos o que era, ou melhor, onde aquilo tudo dava. Maida Vale, número 980. Não naquela noite, mas em outra e em breve. Só uma pessoa poderia ter se envolvido com Chantall.

– Está pensando o que eu estou pensando? – Lucy perguntou.

Dei de ombros.

– Tem jeito de pensar em outra coisa?

Lucy estalou os dedos da mão, dizendo:

– Ok, eu estava levando numa boa, mas se for o que eu acho... Horus vai estar num beco sem saída.

16

Alguns dias mais tarde, ainda antes do desfile e depois da escola, reunimo-nos em frente ao meu prédio. Iríamos à casa dessa Gabriele Chantall saber quem ela era, se era de fato o *"miene liebe"* de Horus e se sabia qual era o segredo que ele tanto insistia em esconder. Minha avó morrera por isso, agora eu ia descobrir o que era nem que tivesse que me pendurar no pescoço de Chantall.

Dividimo-nos em dois carros, o de Scott e o de Luke. As palavras em alemão no verso da foto conduziam nossos pensamentos a uma única hipótese, e eu conseguia imaginar o que se passava na cabeça dos filhos, de sangue ou não, de Olive: a mãe deles provavelmente tinha dois chifres bem grandes na testa. Se fosse mesmo verdade, Horus não teria que lidar somente comigo.

Procuramos bastante até acharmos a última casa da rua. Era bonita e pequena. Ela tinha janelas cobertas por venezianas e possuía o ar alemão que o verso da foto sugeria. Batemos à porta. Ninguém atendeu. Outra vez. Ninguém.

– Talvez ela nem more mais aqui – Kira sugeriu.

Estávamos prestes a ir embora quando uma ruiva apareceu, ao longe, na calçada com compras na mão.

– Gabriele Chantall?

Ela me olhou confusa.

– Nos conhecemos?

Seu inglês tinha um sotaque alemão carregadíssimo. Me esforcei para não assustá-la.

– Não, mas você deve saber de alguém que é do nosso interesse. Já conheceu alguém que se chamasse Horus?

Ela suspirou.

– Acho melhor vocês entrarem.

§ § §

– Não o vejo faz muito tempo. Não é como se eu quisesse. Mas quem são vocês?

– Nós somos filhos de Olive Marston – Will respondeu.

– E a neta de Lily Harrison – completei, levantando o braço.

Uma sombra passou por seu rosto.

– Por que não disse antes?

Ela ficou imediatamente triste e tratou de servir-nos com o chá gelado que tinha acabado de comprar. Era sobre a mãe deles que estávamos falando, então deixei que os outros falassem por nós.

– Chantall, nós achamos isso em um álbum da família. Foi assim que chegamos a você.

Ela pegou a foto e disse:

– Ele a tirou quando estávamos em Amsterdã, em 2008.

Kira estava vermelha de raiva.

– Horus é uma parte complicada da minha vida. Ou melhor, costumava ser. Nos conhecemos há três anos, por intermédio de sua avó Lily, e acabamos nos apaixonando. Ele era casado, mas...

– Mas ainda assim você teve a cara de pau de destruir minha família – Hanna interrompeu.

Ela fingiu que não tinha ouvido nada e continuou:

– Continuamos juntos. Não tínhamos muito tempo e ele tinha que viajar muito por causa do trabalho, então eu o acompanhava quando ele deixava a cidade. Minha matilha nunca gostou muito dele. – Esse comentário provocou olhos arregalados. – Até que, um dia, Lily chegou aqui de surpresa. Nos pegou juntos e começou a gritar que não podia acreditar que seu melhor amigo era uma pessoa tão patética, que eu era uma piranha mentirosa por ter concordado com isso, mesmo sabendo que ele era casado com Olive, e que ia fazer a justiça que não tínhamos feito. Em outras palavras, iria contar a Olive sobre o nosso caso. Ela saiu daqui bufando de raiva, depois de meter dois tapas na minha cara. Horus foi atrás dela. Estava chovendo muito. Ele voltou uma meia hora depois dizendo que não obtivera sucesso e que ela contaria assim mesmo. Acho que nunca o tinha visto com tanta raiva, porque ele cogitava matá-la. Eu implorei que não o fizesse e ele pareceu deixar a ideia de lado. Nada aconteceu nas semanas seguintes, então achei que nosso segredo continuava a salvo. Minha amizade com Lily acabou no dia em que ela descobriu, ela nunca mais atendeu meus telefonemas. Fui até os Estados Unidos tentar vê-la, mas ela deu um jeito de sumir. Alguns meses depois, recebi a notícia de sua morte e procurei Horus, que confessou tê-la matado. Ele disse que havia feito isso por nós e por nosso amor. Então, eu disse que não amava um assassino e acabei tudo. Desde então não o vi.

Queria chorar. Ela se virou para mim.

– Sua avó falava tanto de você. Ela só não queria que você virasse uma loba por ser uma loucura.

– É meio tarde para isso agora.

Ela olhava a cópia da imagem que havíamos trazido como se precisasse muito dela, então entreguei a ela.

– Pode ficar com a foto se quiser, Chantall. Temos outra, de qualquer forma. Mas só uma pergunta: onde Horus pode estar agora?

– Eu não tenho falado com ele há meses. Mas, deixe-me ver, ele tinha um apartamento no final do Chelsea. Se não tiver vendido, pode estar lá.

– Obrigada, Chantall. De verdade.

Aqueles foram dias difíceis. Tivemos que contar a verdade a Olive, e isso não foi fácil. Ela ficou uma semana toda trancada e precisava de todo apoio possível. Isso quer dizer que nem meu namorado saiu de casa. Ele me ligou várias vezes e até deu uma escapada para tomar um sorvete comigo, mas isso foi tudo. E, ainda que não fosse, não ia adiantar muita coisa, porque eu estava atolada nas tarefas de "pré-desfile".

Perdi as contas de a quantas provas de roupa eu fui, de quantas vezes voltamos ao salão e de quantas vezes chegamos mortas em casa. Lá estavam não só os vestidos que usaríamos no dia, como também o último vestido que entraria na passarela. Era rosa, com o tecido fluido e longo. A saia era cheia de camadas e o corpete tinha as costas nuas. Carrie seria capaz de arrancar a mão de quem se atrevesse a encostar naquela peça, já que ela o desenhara. Enquanto isso, eu me perguntava se Horus iria voltar e quando isso aconteceria. Porque agora eu queria dar um fim àquela história. Custe o que custar.

17

Finalmente o dia do desfile chegou. Carrie me acordou bem cedo e fomos direto para o salão de festas. Não eram nem nove da manhã e já havia muita gente trabalhando. As mesas já estavam prontas e forradas, e só faltavam os arranjos, porque as flores chegariam pela tarde. No *backstage*, as modelos faziam a última prova e suas roupas eram separadas por arara. Cada uma tinha seu cantinho de maquiagem, uma arara com as peças que usaria e fotos das roupas montadas para que não houvesse um erro que fosse. Fora a falta de alguns acessórios e sapatos, estava tudo bem. Liza resolveria o problema e poderíamos ir pra casa depois de conferir tudo.

Infelizmente, isso só aconteceu às três da tarde. Duzentos imprevistos aconteceram nesse meio-tempo. O DJ não estava com todas as músicas que pedimos, a iluminação teve de ser trocada em alguns pontos do ambiente e ficamos todos sem almoço. Carrie corria atrapalhada por todo o salão, enquanto a assessora se ocupava dos telefones e da mídia e berrava ordens para alguns assistentes.

Seria um grande evento e os jornalistas estavam caindo em cima. Daisy se dividia entre os telefones:

– Não, não, ela não vai dar entrevistas antes do desfile. Bob, eu já disse que isso está fora de cogitação!

Sua prioridade era não perder o controle. E, caso perdesse, Carrie não poderia saber antes de a crise estar contida. Daisy era doce, porém, quando se tratava de seu trabalho, muito dura. Ela era muito competente e conseguia comandar seu exército de assistentes e assessores com exímia perfeição.

Depois de resolver mil imprevistos (que incluíam pentes e sprays desaparecidos, bem como pulseiras trocadas e sapatos nos números errados, toalhas de mesa amassadas, flores que demoram quase dois séculos para chegar e a eternidade que os arranjos levam para ficar prontos), pudemos sair de lá. Já beirando as quatro horas, somente os assistentes e Daisy ficaram lá. Carrie e eu chegamos à frente da garagem e fomos bombardeadas por jornalistas. Minha tia, que já estava por aqui com a mídia discutindo seu noivado com Ryan, buzinou, assustando-os, e berrou que, se não saíssem da frente, ela passaria por cima. Já no apartamento, me joguei no sofá para assistir a *Scandal*, enquanto respondia as mensagens no celular. Carrie me avisou que às seis horas eu deveria começar a me arrumar e foi tomar banho.

§ § §

Meu vestido era longo e *nude*, com pedrarias e brilho, além de mangas curtas, fluidas e em camadas. Era assinado por Jenny Packham e disputado por Kate Middleton e Blair Wardolf. Era muito, muito, muito, muito lindo. Rebecca, amiga de minha tia, arrumou meu cabelo em um coque que nem em mil anos eu aprenderia e fez um olho preto bem pesado.

Carrie tinha o vestido mais maravilhoso da Elie Saab: verde-escuro, de um ombro só, com brilho vertical e cintura marcada. Os brincos pesados e dourados completaram seu Chanel loiro. Rebecca, por sua vez, garantiu-se num Armani branco de renda com cauda. Seu cabelo escuro foi preso de lado, com um enfeite prateado. Este só não se destacava mais que o batom vinho, que a fazia parecer uma boneca. Deixamos o apartamento, apressadas e lindíssimas – sem modéstia –, numa bagunça sem fim. Para nossa sorte, Bacon estava preso na área de serviço; caso contrário, a zona seria maior.

Chegamos ao salão em vinte minutos. A frente grega criava muita expectativa para o que havia no interior do espaço, que por sua vez não decepcionava ninguém. O mezanino fora lotado de sofás, e, descendo as escadas, estavam as mesas, decoradas com arranjos de orquídeas, tulipas e velas. Carrie se posicionou à porta, seguida por mim, Elizabeth e Aaron, e então recebemos os convidados por uma boa meia hora. Olive chegou com toda a matilha. Scott me abraçou. E, do nada, me beijou na frente de todos os nossos amigos. Que vergonha. Carrie o repreendeu com o olhar por me atrapalhar na recepção.

Aos poucos, o salão foi se enchendo de pessoas influentes ou simplesmente amigos nossos. Meus pais não viriam, mas eu não consegui entender o porquê. Eles me enrolaram com uma história (que eu não engoli) de que não acharam passagens a tempo. Um detalhe importante é que eles já sabiam do evento antes mesmo da minha viagem! Olhei o relógio pendurado na parede a minha frente. Já passava das 21h30, portanto deveríamos receber os últimos convidados e descer ao *backstage*, onde verificaríamos se estava tudo certo e daríamos início ao desfile. Terminamos os cumprimentos e deixei a entrada do salão enjoada de abraços e beijos na bochecha.

§ § §

Estávamos atrás do palco onde a banda tocava. Carrie decidiu começar a festa com o desfile e deixar todos os convidados livres depois. Caso tudo fosse um fiasco, isso seria um problema. No entanto, todos estavam esperando uma boa coleção, e eu tinha certeza de que seria isso que eles veriam. Depois de checar se todas as modelos estavam do jeito que Carrie queria, a banda saiu e as modelos entraram. Havíamos desenhado vestidos curtos e longos, com brilhos, estampas diferentes e pedrarias, calças com corte que caía bem para *quase* todos os tipos de corpo, shorts, biquínis, blusas e camisas maravilhosas.

Quando eu menos esperava, era a nossa hora de entrar. Todos aplaudiam. Com direito a efeitos pirotécnicos, eu, Aaron e Elizabeth fomos abraçados até o fim da passarela, e Carrie entrou sozinha, logo após nossa saída. A música explodia nas caixas de som, quase tão alta quanto a salva de palmas que recebíamos. Carrie parou na ponta da passarela para fazer um pequeno discurso de agradecimento.

– Obrigada, muito obrigada. É um prazer recebê-los aqui para apresentar um trabalho que foi pensado e planejado por tantos meses. E é claro que os créditos também vão para minha equipe maravilhosa: Erin, Aaron e Elizabeth. – Fomos empurrados de volta à passarela para receber mais palmas, acenar novamente e ganhar buquês. – Aproveitem a festa!

Voltamos ao *backstage* de braços enlaçados e a equipe voou em cima de nós, num abraço coletivo. Modelos, maquiadores, assessores de imprensa, assistentes, cabeleireiros e fotógrafos comemoravam o fim de mais uma etapa. Agora, estávamos livres para jantar, dançar e conversar à vontade. Entrei na pista de dança com Liza e Aaron ao som de Avicii, e em pouco mais de vinte minutos eu já estava suando e gritando, como não fazia desde que me mudara para Londres.

Aos poucos, a pista estava ficando lotada, e só então pude perceber que muitos convidados no dicionário de Carrie eram MUITOS mesmo. Eu estava começando a me sentir meio espremida no meio de tanta gente, mas felizmente, naquela noite, eu não precisava me preocupar com mais nada. Não havia Chantall nenhuma, Horus não era problema meu e eu podia me divertir com minha tia maluca, meu novo tio, meu namorado, as meninas da escola, meus amigos e minha matilha.

 Falando em namorado, não demorou muito para ele aparecer, me abraçar por trás e se colocar à minha frente para dançar comigo. Demorou menos ainda para o resto da matilha chegar, formando a maior rodinha da pista de dança. A mistura dos setores da minha vida, das três Erins. Trabalho, família e matilha. Foi uma das primeiras vezes em que eu realmente agradeci a Deus por ter essa mutação esquisita que me permitiu conhecer tanta gente incrível numa cidade fora de série.

Gratidão. Apesar de todo o resto – que, por sinal, era demais pra mim –, me senti grata. E é bom se sentir assim. Parece que não importa o que aconteça, haverá alguém lá em cima que vai garantir alguns poucos aqui embaixo, imperfeitos, porém ideais para estar não à frente nem atrás, mas ao lado. Talvez a um oceano de distância ou tão perto quanto a próxima rua, prontos para fazer companhia em qualquer tempo, independentemente de quem você resolva ser naquele dia de boca vazia e cabeça cheia.

Quis beber uma água, mas fui impedida por um jornalista com um grande aparato de filmagem. Deixei meu pânico de filmadoras e minha timidez de lado, tentando parecer calma e natural.

– O que você está achando da festa, Erin?

– Estou me divertindo muito. E você?

– Eu também. E qual resposta do público você espera para esse desfile?

– Ah, eu acho que eles vão gostar. É uma coleção muito forte e diversa, tem opções para todos os gostos. O que você achou do desfile?

– Querida, eu amei. Você não descola um daqueles ternos de linho para mim, não?

– Ah – eu ri –, vou ver o que posso fazer.

– Então um beijo, Erin.

– Um beijo!

Água, água, água. Eu ia desidratar no próximo minuto se não bebesse alguma coisa.

Mais tarde, jantamos (e que jantar!) dividindo a mesa com ninguém menos que Karl Lagerfeld, Olivia Palermo, Michael Kors e Rachel Zoe. Posso chorar? Graças a Deus, Carrie é genial e alucinada assim. E vive rodeada de pessoas igualmente geniais e alucinadas. Depois da sobremesa, um petit gateau digno do dobro de palmas que ganhei naquela noite, um fotógrafo tirou no mínimo umas dez fotos da nossa mesa.

A presença da imprensa foi vetada, a não ser por jornalistas convidados por Carrie. Então, aquelas seriam algumas das fotos divulgadas. Todos juntos na mesa, todos nós de pé, Carrie com as personalidades da mesa, uma a uma e depois com todas. O mesmo processo se repetiu comigo, Liza e Aaron. Depois, Daisy tirou algumas polaroides e eu acabei ganhando alguns autógrafos cobiçadíssimos.

As despedidas duraram quase tanto quanto a recepção, só que agora estávamos espalhados no salão, sendo bombardeados por fotógrafos, convidados e jornalistas. Já em casa, recebi algumas mensagens das minhas amigas da escola, dizendo que as fotos já haviam vazado e corriam por dezenas de sites. Carrie e eu apenas pulamos na cama como as loucas que éramos. Scott logo mandou mensagem, certificando-se de que eu havia chegado em casa bem e dizendo que todos adoraram a festa. Não tive muita disposição para conversar com mais ninguém, pois já passava das cinco da manhã, e, assim que me encostei na cama, capotei.

18

Na semana seguinte, eu, que permanecia semi-invisível até então, virei assunto na escola. Não fazia diferença para mim, mas para os outros fazia. As ex-crápulas de Julie vieram falar comigo como se fôssemos amigas de infância e foram devidamente afastadas pelas minhas amadas "crápulas".

Charlotte, Victoria, Amanda e Sophie não puderam ir ao desfile, pois estavam em Briston, numa viagem que eu deveria ter ido, não fosse o evento. Mas as fotografias rodavam por aí, então elas já haviam visto a coleção quase toda. E mais, já exigiam privilégios para comprar algumas das peças antes que acabassem. Porque era nisso que acreditávamos: as peças acabariam assim que chegassem às lojas.

Entreguei a adorada bolsa azul-turquesa de Charlotte e ela quase saiu dando piruetas. Assim que transferiu o conteúdo da bolsa bege para a turquesa e enfiou a primeira no armário, saiu desfilando como as modelos da Carrie's. O sinal bateu, anunciando o início da primeira aula. Combinamos de nos encontrar na sexta-feira à noite para a festa do pijama que tentávamos marcar havia meses.

§ § §

Naquela noite, chamei meus pais pelo Skype. Fazia muito tempo que não conversávamos decentemente e eles andavam muito desconfiados. Então, comecei a ficar preocupada. Depois de enrolar por algum tempo, respondendo as perguntas que eles faziam desde sempre, tomei coragem e perguntei sem mais rodeios:

– Por que vocês não vieram ao desfile? Eu sei que não foi por não achar passagem nem nenhuma das desculpas que vocês me deram. Eu acho que a Carrie sabe de alguma coisa que eu não sei e eu quero saber agora.

– Não – minha mãe respondeu.

– Não o quê?

– Não. Não é a hora de você saber – ela alegou.

– A-há! Então tem alguma coisa acontecendo.

– Tem, filha. Mas não é nada preocupante, muito pelo contrário.

Meu pai tentou me tranquilizar, mas falhou. Poxa, eu estava a um oceano de distância e eles queriam me privar das novidades? Apelei para a chantagem:

– Tudo bem, então. Vocês podem vir me visitar nas férias, no Natal ou ano que vem, no mais tardar, não é?

– Ano que vem, Erin?

– Eu gosto de Londres, não tenho muita razão para voltar, afinal vocês podem continuar falando comigo pelo Skype, já que nada que acontece aí é tão importante para que mares de distância façam vocês me contarem as notícias!

Viva à psicologia reversa! Eles finalmente se convenceram.

– Eu estou grávida – minha mãe respondeu sorrindo. Ela cedeu à minha chantagem. Inédito.

– Sério?

– Muito sério. Um menino.
– Mas como assim? Você já sabe? Mãe, você não está com barriga! Como você descobriu tão cedo?
– Um exame novo. Não quis te contar para não te induzir a voltar agora que você está tão bem aí. Trabalhando, estudando, namorando e cheia de amigos.

Eu fiz mil perguntas. Não, mil não. Bem mais. Podia até não voltar para os Estados Unidos, mas queria notícias em primeira mão do meu irmãozinho.

§ § §

Cheguei à casa de Charlotte às seis da tarde e fui recebida por sua irmã, Carolina. Minha amiga escorregou o corrimão para me dar um grande abraço. Fui a primeira a chegar e pude escolher onde meu colchão iria ficar. Alguns minutos depois, Victoria chegou com os filmes a que assistiríamos. Sophie e Amanda se atrasaram um pouco, mas trouxeram salgadinhos e *marshmallows* para fazermos *s'mores*. Tomei a liberdade de ligar o som no meu celular, colocando música para tocar.

Playlist 2
"I love it" – Icona Pop
"Pumped up kicks" – Foster The People
"Elastic heart" – Sia
"Blank space" – Taylor Swift
"Cheerleader" – OMI
"The heart wants what it wants" – Selena Gomez
"Wake me up" – Avicii
"Love song" – Sara Bairelles
"Now or never" – Tritonal feat. Phoebe Ryan

"Primadonna girl" – Marina and The Diamonds
"Bruises" – Train
"Waiting for love" – Avicci
"Real love" – Clean Bandit
"Arabella" – Arctic Monkeys
"Poison" – Rita Ora
"I knew you were trouble" – Taylor Swift
"Snap out of it" – Arctic Monkeys
"Ain't it fun" – Paramore

Estávamos no meio de uma guerra de travesseiros quando Carolina abriu a porta. Charlotte arremessou uma almofada contra a irmã.
– Dá o fora, Carolina.
– Não, Charlotte – Victoria pediu. – Deixa ela ficar aqui.
Ela olhou para mim, para Amanda e para Sophie, buscando apoio. Charlotte se deu por vencida e deixou a irmã ficar. Carolina tinha cabelos castanhos e cacheados, que quase chegavam a sua cintura. Tinha doze anos e adorava a companhia das amigas da irmã mais velha. Usava um aparelho dentário transparente e gostava de pintar. Continuamos nossa guerra, com Carolina acompanhando nosso ritmo acelerado.

Descemos para a cozinha e fizemos nossos *s'mores*. O chocolate derretido resultou em muita meleca e rendeu muitas fotos. O Instagram de Amanda simplesmente lotou de imagens. No quarto, apostamos quem sabia fazer a música do copo mais rápido, e a irmã caçula de Charlotte ganhou. Elas estavam aprendendo a ser amigas. Nos entupimos de besteira e engasgamos em meio às risadas.

Conversamos e assistimos a comédias românticas – porque esse gênero é tradição em festas do pijama – até apagarmos quando já passava das duas da manhã.

19

Uns dias depois, Peter me ligou. Ele queria saber se eu ainda queria ir ao apartamento de Horus para botar um fim nessa história. Hanna havia conseguido o restante do endereço com Chantall e iríamos no meio da semana mesmo, assim ele não teria como não estar em casa. Horus era praticamente um foragido: não tinha identidade nem carteira de motorista há anos, logo era praticamente inexistente. Concordei, e combinamos que eu e Carrie iríamos à casa deles na véspera, pois o compromisso já estava marcado.

Na noite da quarta-feira, lá estávamos nós, arrumadas e penteadas à porta de mogno escuro de sempre. Ainda do lado de fora, podíamos sentir o cheiro do tempero de Olive. Era possível, pelo cheiro de carvão, adivinhar que o prato principal era o bom e velho churrasco.

Olive me recebeu com um abraço, e Scott, com um beijo. Fomos guiadas até o sofá, onde todos conversavam. Eu gostaria de ter uma família grande assim. Costumava dormir lá toda lua cheia e algumas vezes esporádicas. As últimas foram vetadas desde que Scott e eu começamos a namorar, mas consegui manter as de lua cheia, porque Olive convenceu Carrie de que eu devia me sentir sozinha num apartamento tão grande com uma tia tão ocupada. E como muitas das minhas amigas eram minhas cunhadas, isso foi o bastante para Carrie me deixar ir, mesmo torcendo o nariz.

O jantar foi regado ao suco de uva tradicional de Olive, tirado das videiras do quintal, e às incessáveis gargalhadas que dávamos a cada história contada. Elas eram muitas. Com a família crescendo e Carrie se casando, eu não via a hora de ter uma casa quase tão lotada quanto aquela. E teria, pois eles provavelmente frequentariam a minha casa, já que, nas condições em que eu estava, era meio impossível deixar a Inglaterra. Agora eu tinha raízes.

Depois do jantar, nos sentamos na sala de TV e deixamos Olive e Carrie conversando à mesa.

– Como vai ser amanhã? – perguntei.

– Bem, nós vamos à casa de Horus e botamos um ponto final nessa perseguição. Do jeito que ele preferir – Luke respondeu. Ele parecia certo de que, se fosse necessário, Horus morreria.

– E, pelo andar da carruagem, não vai ser só uma simples conversinha – Blair interviu.

Não era difícil imaginar o que Horus tentaria fazer. Mas, dessa vez, eu não estava sozinha. E, ainda que ele trouxesse todos os meus traumas à tona, eu aguentaria. Por mim e pela minha família. Pelas duas famílias.

– Fui até lá ontem – Hanna disse. – Andei estudando o apartamento por meio da planta que consegui com o zelador. – Ela parou, sob o pesar de nossos olhares. – O quê? Alguém tem que correr atrás dessas coisas, gente!

Ela subiu as escadas pulando degraus e voltou com um rolinho de papel. A planta mostrava que o apartamento tinha apenas uma suíte, uma sala e a cozinha, de modo que não havia muitas maneiras de Horus escapar.

– Aqui – ela disse, apontando para a borda do desenho – tem uma escada de emergência, mas, se alguém ficar no térreo, assim que ele olhar para baixo, vai perceber que não há saídas.

– É melhor se formos à noite – Peter alegou.

– É mais perigoso – Kira discordava.

– Mas quais as chances de ele estar em casa durante o dia? – ele insistiu.

– E onde mais ele estaria? Está para nascer alguém mais desocupado do que Horus. – Kira não parecia mudar de ideia.

– Vai ver ele passa o dia devorando criancinhas na floresta – ironizei.

– Mas pensem no risco de sermos vistos não só como lobos, mas como lobos invadindo um apartamento no Chelsea – Scott finalmente se manifestou.

– Então vamos à noite – Marc decidiu.

Não houve mais protestos. Decidimos que eu, Lucy, Ann e Kira subiríamos com Scott, Will e Luke, enquanto Peter, Hanna, Blair e Marc nos dariam cobertura nas escadas e no térreo. Se fosse necessário, Peter e Hanna subiriam para nos ajudar. Mas só se fosse uma emergência. Já tinha mais de um mês que eu não via Ann e Will, pois eles estavam num intercâmbio em Toronto e haviam chegado na manhã do dia anterior. Fui buscar uma água na cozinha e Kira me acompanhou.

– Acha que vamos conseguir? – perguntei.

– Acho que sim, mas a situação pode ficar violenta. Tenta não se assustar – ela me repreendeu.

– Sem problemas.

– Faz tempo desde a última lua cheia. Consegue fazer... aquilo... agora?

– Consigo, mas a Carrie está na sala, né?

– Está, mas a minha mãe está com ela. Não dá nada. Ó, vou até me virar de costas.

Fui na onda dela.

– Pronto.

Não deu tempo nem de terminar a frase: duas vozes estridentes e femininas gritavam a plenos pulmões e eu permanecia assustada ali no meio. Foi tão rápido, que eu quase não pensei. Minha tia havia entrado na cozinha com uma pilha de pratos (agora cacos), e imagina sua surpresa ao encontrar um lobo com pelo caramelo que tinha o triplo do tamanho de um lobo normal e que em pé dava somente umas quatro Carries. Seus berros foram rebatidos pelos berros de Kira, que se assustou quase tanto quanto minha tia quando a viu parada na porta. Mal conseguia pensar, e, felizmente, Olive socorrera minha tia e a levara para o sofá.

– O QUE ESTÁ ACONTECENDO AQUI? O QUE ERA AQUILO NA COZINHA, OLIVE? CADÊ MINHA SOBRINHA?

Acho que nunca tinha visto minha tia tão transtornada, mas também não era para menos. Sentada no sofá, já no terceiro copo de água com açúcar, Carrie tentava entender cada pedacinho da explicação meio desconcertada que dávamos.

– Carrie, você vai ter que ficar bem calma agora, porque esse não é um segredo que qualquer um consiga levar para o túmulo. – Olive estava calma e explicava cada detalhe com extrema paciência. – Há uma mutação rara, pouco conhecida e que preferimos manter em segredo, que todos nós temos... – Ela meneou a cabeça em minha direção. – Só não você. Por opção de sua mãe, nem mesmo a Erin deveria tê-la. – Ela contou um pouco da história da mutação.

– E sim, Carrie, Lily foi assassinada porque não passou esse "dote" para a frente.

Pela hora seguinte, seguiu-se uma série de perguntas e explicações. Depois de muita revolta, muitas lágrimas e, confesso, um pouco de marra, Carrie se levantou, prometendo guardar segredo, pegou a chave do carro, despediu-se de todos, pediu que eu fizesse o mesmo, e só então fomos embora.

Já em casa, Carrie pegou um copo de suco e sentou no sofá. Ela estava séria e pensativa.

– Eu entendo que não tenha me contado. Entendo que seja maluquice e que seja difícil. Mas não consigo imaginar como alguém faria algo tão cruel à mamãe.

– Eu também não, mas eu garanto que ele vai pagar. Mas, por favor, Carrie, não se afaste nem peça que eu me afaste deles. Sinceramente, eu ainda seria uma turista perdida e sem amigos aqui se não fosse por eles.

– E por mim... – ela sorriu. – Tudo bem, vocês podem continuar com suas festinhas, mas você vai perder parte dos meus planos para o casamento se ficar muito tempo fora de casa e do trabalho...

– Você realmente acha que eu, sua sobrinha, estagiária e madrinha *de honra*, perderia um detalhe desse casamento? Sério, Carrie? Parece que nem me conhece.

Eu ri. Ela riu também, mas eu sabia que, dali pra frente, tudo seria diferente.

20

Na manhã seguinte, tudo ocorreu normalmente. Aula normal, comida normal, tudo normal. Menos Carrie. Ela não me fez perguntas, acho que preferia ser abençoada com a ignorância. Mas, ainda assim, ela estava muito estranha. À tarde, comecei a ficar mais tensa. Assim que cheguei em casa, depois do estágio, separei tudo o que levaria: um canivete suíço, uma lanterna, gaze, curativos e um casaco *oversized*. Nota-se o meu otimismo para aquela noite em especial. Enfiei tudo numa bolsa média e antiga, então liguei para Scott:

– *Alô?*

– Oi, Scott.

– *Oi.*

– Tudo bem?

– *Tudo. E você? Está nervosa?*

– Não muito. Mas também não estou esperando muito menos do que sangue para hoje.

– *Se você desmaiar, eu te seguro* – ele riu. Palhaço. – *Mas pensa comigo, Erin: foi tudo o que ele nos pediu. Ele matou sua avó, infernizou nossas vidas nos últimos, sei lá, dez meses, expôs a matilha, traiu minha mãe, nós quase terminamos por causa dele e, para completar, ele te sequestrou. Quer mais? Olha, desde que meu pai morreu, Horus assumiu o lugar dele na minha vida, e estava quase assumindo o lugar do meu coração, mas não existe filho na Terra que queira como exemplo alguém com o caráter daquele otário!*

Só aí eu entendi de onde vinha a carência repentina dele. Não bastasse estar sem pai, ver a mãe triste, bem como os irmãos e primos, ele quase não tinha me visto naquela última semana.

– Mas eu não seria capaz de matar, Scott. Simplesmente não conseguiria.

– *Você sabe que tem uma grande chance de isso acontecer.*

Bufei. De medo. De ansiedade.

– Tá bem. Que horas você vem me buscar?

– *Às 18h30. Pode ser?*

– Pode.

Por Deus, será que ele não entendia que eu estaria pronta há milênios, só de nervoso? Eu estava tão cansada daquilo, mas ainda assim existia uma ansiedade crescente insistindo em me tomar por completo. Respira, Erin. Respira. Vai chegar a hora, você querendo ou não.

§ § §

Scott foi surpreendentemente pontual. Às 18h15 fui para a portaria. Meu relógio marcava 18h28 quando vi seu carro despontar na rua. Seguimos para sua casa sem dizer uma só palavra. Nós dois sabíamos que aquela seria uma noite difícil. Quando chegamos, estavam todos prontos. Olive olhava desconsolada pela janela por milhões de motivos. Só Deus sabe o que se passava na cabeça daquela mulher. Traída pelo marido, enganada pela melhor amiga, e agora via suas "crias" prestes a jogar alguém de um precipício... Ou cair dele. Por essas, outras e mais algumas foi que ela me chamou num canto.

– Como você está? – eu perguntei a ela.

– Eu estou bem. Quer dizer, contanto que essa história acabe, vou ficar. E você? Está bem?

Respirei bem fundo e, com isso, ganhei alguns segundos para pensar numa resposta que não fosse automática.

– Acho que vou ficar, quando isso tudo acabar.

– Cuidado, Erin. Vocês são muitos, mas ele é perigoso. Eu queria ir, mas Scott fez a cabeça de todos os outros, e agora vou ficar aqui.

– Ele é teimoso demais, não é?

– Sim.

– Em todo caso, pegue leve com ele. Todos nós ficamos confusos com a história das fotos.

– Já está tudo bem de novo.

Felizmente, estava mesmo. Apesar de todos os esforços de Horus, eu consegui tudo de volta: meus amigos, meu namorado, minha família. Só não minha vida tranquila. Era em busca dessa tranquilidade que estávamos indo.

Senti um pouco de pena ao deixar Olive sozinha. Será que ia ser sempre assim com ela? Apesar de ter um monte de filhos e enteados, ia sempre sobrar? E olha, idade por idade não conta para ela. Olive tinha cabeça de cinquenta, alma de vinte e disposição de quinze. De qualquer maneira, ninguém me ouviu quando pedi que ela nos acompanhasse.

Nos dividimos em dois carros, como sempre. E em pouco mais de meia hora já estávamos em Chelsea, em frente ao prédio de Horus. Três andares, azul e sem porteiro. Como posso descrever a nossa tensão? Nos olhávamos sem dizer muita coisa e até Luke, que nunca se calava, falou pouco naquela noite. Temíamos um pela vida do outro. Subi com Lucy, Ann, Kira, Scott, Will e Luke, enquanto Peter, Hanna, Blair e Marc se dividiram na escada que ficava na lateral externa do edifício. Arrombamos a porta do 301 sem nem pensar direito. Will a chutou com força e Lucy só empurrou o que restou dela. Horus apareceu na sala, muito, muito, muito surpreso. Não havia resquícios de prepotência em seu rosto. Ele tentou fugir pela janela e desistiu ao ver que tinha companhia. Não demorou muito para ele recuperar a pose.

– Você realmente estragou essa família, garota.

Avancei, apontando para seu rosto. Ele me desdenhava com um sorriso.

– Não me responsabilize pelas bobagens que você fez.

Ele gostou de ver que eu tinha coragem e me empurrou. Eu não precisava de mais estímulos. Dei-lhe um empurrão que quase o levou ao chão.

– Isso… é por trair minha amiga. – Soquei seu estômago. – Isso… é pela minha avó. – Fiz de novo, com mais força. – E isso… é por todo o resto. – Quase lhe quebrei o nariz com um último golpe.

Me afastei rapidamente, pressentindo o próximo golpe. Ele estava mais irritado do que nunca. Veio em minha direção com fúria, mas foi barrado por Scott e Kira.

– Saiam da minha frente.

– Não.

– Eu estou mandando sair da frente, Scott.

– Não.

Horus estava ficando frustrado. Quase podia ouvir seus dentes rangerem de irritação.

– Foi assim que eu criei vocês?

Tal pergunta causou certo burburinho. Não era mais o grito de um inimigo, era a bronca de um pai.

– Como foi que eu criei vocês, Lucy?

Ela parecia amedrontada.

– Família...

– Família?

– Família em primeiro lugar desde sempre e para sempre.

– E essa bastarda não é da família.

– Aí é que você se engana – Blair o interrompeu.

– Será mesmo? Quem vai honrar a família?

Will e Ann se colocaram ao seu lado. Fiquei sem entender.

– O Canadá não é bonito visto daqui, meus filhos? – Ele apontou para o notebook.

A essa altura, os que estavam lá fora já estavam dentro da sala. Kira falou por todos:

– Não estou entendendo.

Horus deu um sorrisinho dissimulado.

– É incrível o que se pode fazer pela Internet hoje em dia.

– Viagens, por exemplo – Ann completou, dando a entender que os dois não haviam saído da cidade. Logo, se Horus sabia, eles estavam com ele. Talvez até houvesse camas para eles naquele apartamento.

Hanna não pensou duas vezes antes de pular no pescoço de Ann, como se a enforcasse (coisa que eu desconfio que estivesse realmente fazendo). Enquanto estavam aos tapas, ouviam-se "vadia", "traidora", "falsa", "fingida", entre outros xingamentos.

"Brava" era um insulto ao nível de raiva de Hanna. Enquanto isso, Luke parecia triste.

– Irmão... Will... Por quê, cara?

– Não importa mais – Will respondeu, dando de ombros. – Eu fiz isso pela nossa família.

Luke estava realmente surpreso.

– Pela família... Eu quase poderia acreditar nisso. Foi com essa lógica distorcida que ele te convenceu?

– Eu já disse. Eu fiz pela nossa família, Luke.

Ao ouvir isso, Luke socou seu rosto com tanta força, tanta força, que eu achei que ele fosse sangrar. Pouco tempo depois, com mais raiva e menos paciência, totalizaram-se quatro lobos se atracando no chão do apartamento.

– Satisfeita?

– Ainda não.

– O que você quer?

– Que você desapareça. Mude de país ou sei lá o quê. Suma. Desapareça para sempre. Eu não vou mais pedir.

– E se eu disser não, *alteza*? O que vai querer para substituir?

– Seu cadáver.

– Consiga-o, então.

Eis o problema. Não conseguia. Não havia ímpeto, não havia impulso, não havia raiva que me fizesse estar disposta a enfrentar o depois. Pude sentir a culpa de perto com a morte de Julie e, mesmo descobrindo que não a tinha matado, não conseguia não temer as consequências.

Não sei como posso explicar o que aconteceu em seguida. De repente, um lobo atravessou a sala urrando de raiva e caiu bem em cima de Horus. Ele tentou reagir, mas ficou imobilizado. Isso deixou à mostra os olhos do outro ser. Só então reconheci Olive. Ela mordia a garganta de Horus, que se debatia, movimentando o fio de sangue que descia do corte feito pelos dentes da matriarca, o qual engrossava pouco a pouco. Mas, ao mesmo tempo, Olive parecia estar começando a se cansar, dando chance a Horus de virar o jogo.

Quando ele finalmente o fez, não pensei duas vezes e investi contra ele, tão rápida e tão lentamente, que eu podia jurar que o mundo resolveu girar em câmera lenta. Assim, aceitei minha estranha habilidade. Porque, de um jeito ou de outro, talvez sejamos todos parecidos. Com características que preferimos ignorar, defeitos que preferimos esconder.

Porque o mundo é grande, grande, grande, e nós somos mini-formiguinhas em um planeta gigantesco. Frágeis e minúsculas, carregando em nossas costas as folhinhas problemáticas de todo dia. Então, nos encobrimos de camadas de farsas de massa corrida, até estarmos completamente enterrados e sufocados pelo cimento de nossas faces, de nossas mentiras.

Chega de ser tantas de mim. No fim, nenhuma sou eu. Chega de fingir e me fazer de coitada, de me encher de pena sobre situações que estão fora do meu controle, de me encostar na parede como se eu fosse incapaz de me levantar, lutar e ganhar. Olha aí a novidade: eu sou muito, muito capaz.

Foi por isso que bati, e arranhei, e enforquei, e mordi Horus sem dó. Com a mesma falta de compaixão com a qual dei três facadas em suas costas quando ele matou minha avó. Caçando minha própria raça. Mas não fui eu quem deu os golpes que deveriam tirar a vida de Horus. Olive chorava com uma ira tão grande, que pensei que fosse liberar todos os desaforos de um casamento que vinha há anos tirando seu sono e sua paciência.

Tudo o que ela ouviu e não disse. Tudo o que foi dito a seus filhos, adotados ou não, todos os "a família primeiro e depois o resto", e os "é preciso ser duas vezes melhor para ter metade do que eles têm", e os "o mundo é dos espertos", e as ofensas, e as brigas intermináveis que ela, com certeza, guardou em seu coração, pedindo a Deus só mais um dedinho de paciência, só porque ele era leal e amava os filhos que não eram dele.

Horus respirava com dificuldade, quase implorava por clemência. Mas não havia ninguém que pudesse ajudá-lo (como se alguém quisesse), pois todos estavam ocupados ou lutando ou protegendo ou nos cobrindo, conferindo a janela e a escada. Ann parou à minha frente, prestes a atacar.

– Encosta um dedo em mim e eu te parto em duas! – ameacei.

Como se isso fosse o bastante. Ann havia passado os últimos meses nos observando, logo sabia que eu era nova. Ela se jogou sobre mim e eu me debati, e bati, e caí por cima, mas ela conseguiu me imobilizar e enfiou suas unhas em meu pescoço. Eu arfei e puxei o ar como se não o fizesse há meses, como se tivesse desaprendido a respirar. Sufoquei e bati nela sem pensar, até o mundo começar a girar, e girar, e girar, e a última coisa de que me lembro é de sentir o peso dela sair de cima do meu corpo.

21

Abri os olhos e tudo o que vi foi um teto branco e frio. É assustador acordar em um lugar desconhecido. Respirei com vontade e senti o ar arder em meus pulmões. Um minuto de cada vez, reconheci o apartamento de Horus. Presumo que tenha desmaiado por apenas alguns minutos. Kira derrubou Ann e machucou sua "pata" de um jeito que a impossibilitou de andar. Assim que acordei, Luke e Peter lutavam contra Will. Experiente, ele se esquivava com facilidade.

Mas, na verdade, era uma luta fácil. Não vou mentir. Éramos muitos e eles eram três. Por isso, depois de muitos desaforos, tapas, socos, arranhões, mordidas, uivos, gritos e rugidos, conseguimos vencer. Ann ainda miava de dor em um canto, com o pé inchado e roxo e a mão cortada superficialmente. Will estava com a bochecha roxa, tinha um corte em uma das têmporas e estava imobilizado por Luke, que estava com a mão sangrando. Já Scott ganhou um galo na cabeça e escoriações nos braços. Eu tinha um corte na bochecha e hematomas no pescoço.

No entanto, Olive era a mais machucada. Eu havia, sim, machucado muito Horus e o cansado bastante. Mas quem bateu e apanhou de verdade foi ela. Me levantei devagar, ainda meio tonta, e atendi ao chamado de Horus, que estava sentado ao pé da parede, próximo a um armário, e dizia meu nome com uma voz fraca e rouca. Me ajoelhei ao seu lado.

Fosse a tontura ou meu senso de humanidade, eu sentia pena de Horus. Por tudo. Por estar naquelas condições, por trair a esposa e os filhos, e por precisar matar uma amiga, uma pessoa que eu amava muito, para manter isso em segredo.

– Eu vou morrer, Erin.

O que responder diante de uma frase tão cheia de certeza?

– Mas não vai ser nenhum de vocês que vai me matar – ele continuou. – Você vai perder. Como sua avó perdeu. Sabe o que eu estou sentindo agora? Alegria, o gosto do triunfo. Porque é exatamente assim que eu gostaria de morrer: triunfando.

Ele parou para (tentar) respirar.

– Você acreditou que estaria se vingado, não foi? Que você ganharia e seria a heroína que você tenta ser todo dia. Porém, não, você não vai salvar o mundo hoje. Você não é nada do que acredita ser, Erin. Pseudo-heroínas têm pseudorrealidades.

– Na verdade, não – respondi. – Eu sou bem mais do que eu ou você acreditamos que eu seja. Do contrário, seria eu quem estaria sangrando até a morte.

Sussurrei a realidade em seu ouvido:

– Eu ganhei.

– NÃO! – ele respondeu. E, dizendo isso, abriu a porta do armário e enfiou um canivete no peito. Um corte limpo, um único grito e um único corpo sem vida.

A sala toda parou. Nos viramos, espantados com o orgulho de um vilão que se matou para não ser humilhado ao ser morto. É bem verdade que era isso que ele merecia. Mas não na realidade dele. Pseudovilões têm pseudoverdades.

Não houve suspiros angustiados nem choros cheios de gritos. Apenas algumas lágrimas em silêncio por todos os motivos que se possa imaginar para aquela estranha situação.

Olive quebrou o silêncio com um sonoro "Acabou. Está resolvido". Ann e Will permaneceram onde estavam, pensando que talvez seus destinos se igualassem ao de seu pai. Sem ele, não havia razões para lutar. No entanto, ao contrário do que pensavam, receberam uma proposta bem mais que tentadora.

– Vocês são da família – Olive afirmou. – E o que houve hoje foi mais do que irmãos se atracando numa briga qualquer. Mas, mesmo assim, quero lhes oferecer duas opções. Vocês podem voltar para casa conosco e resolver as coisas como se deve, recuperando a nossa confiança, ou podem sumir da cidade e não aparecer aqui novamente. Porque, se o fizerem, não serão mais parte dessa casa. E, assim que vocês colocarem os pés aqui, minha piedade não será mais de vocês. O que fizeram colocou vidas em risco. Para quê? Para ter de assistir a uma cena tão traumática quanto o suicídio de seu pai? Ele ofereceu dinheiro? Promessas? Esperanças? Tudo isso já era de vocês por direito. No entanto, se vocês escolherem ir, não são só crianças carentes e mimadas. São burros também. O que vai ser? A matilha ou o risco?

Ann olhou para Will, e eu tive a certeza de que eram bem menos culpados do que pareciam. Will devolveu o olhar como um gesto que parecia se restringir aos irmãos. Um gesto que logo, logo eu partilharia com o meu. Pareciam discordar, mas enfim chegaram a uma decisão.

— A matilha — Ann disse.
— A matilha — Will concordou.

Blair abraçou Kira, que se juntou a Luke, que abraçou Lucy, que abraçou Scott, que se juntou a Peter, e assim surgiu um grande abraço coletivo. Era como se, ao fazermos isso, estivéssemos nos perdoando. O livro de nossas desavenças estava fechado. Não havia mais caçador e caça. E como era bom fazer parte disso.

§ § §

Limpamos o apartamento. Cada rastro daquele evento foi devidamente apagado. Esperamos até exatamente 2h30 para descer com o corpo de Horus num saco preto como a escuridão daquelas ruas. O que foi, portanto, uma tarefa fácil, já que não havia uma alma viva no nosso caminho, pois era bem tarde. Tranquei o apartamento com as luvas de couro que cada um de nós usava desde o início, para o caso de dar tudo errado. Chegando à mansão da matilha, ou a casa de Olive, que seja, cada um foi para seu lado. Pensar, dormir, ver TV, fosse o que fosse, passamos a madrugada ocupados sob as luzes amarelas e claras da casa.

Tão logo cheguei, me dirigi ao jardim, nos fundos. Sentei-me no chão de madeira, que definia até onde era casa e onde começava o gramado, e desandei a pensar em cada reviravolta dada nessa história. Na minha história. Percebi que, mesmo sempre estando à beira do caos, tudo o que eu sempre quis era estar no meio da paz.

Não sou sonsa, eu desejei muitas vezes que Horus morresse, muitas vezes fui da ira ao ódio em um segundo, e tudo isso acabou quando meu desejo cheio de raiva se concretizou.

Era tempo de seguir em frente. A melhor maneira de fazer isso era perdoando. Perdoando Horus, Ann, Will, vovó. Me perdoando.

Não é sobre ser fácil. É sobre ser diário e difícil. E, apesar disso, valer a pena. É, eu podia tentar. Eu podia conseguir.

Scott se sentou ao meu lado.

– Como você está? – ele me perguntou.

Eles ainda acreditavam que eu era a parte mais frágil da história.

– Bem, na verdade. Eu acho. E você?

Sua resposta foi um suspiro. Fiquei de frente para ele e o abracei. Dois segundos não foram necessários para que ele desatasse a chorar. Quatro foram o suficiente para me fazer acompanhá-lo. Foi aí que eu entendi. Não se trata somente de alguém amado morrer. Não se trata somente de amar alguém morto. Viu como soa estranho? Não é a saudade. É a tristeza.

A morte, seja da forma que for, é o fim mais triste que qualquer vida pode ter. É o único fim do qual se tem certeza neste mundo. É a morte de todos os projetos, de sonhos a serem realizados e até daqueles que nem sequer foram sonhados ainda.

Às vezes, é uma sorte, uma bênção, que o que já foi feito não possa ser desfeito. São nesses poucos instantes vazios de arrependimento que damos graças a Deus por não existir nenhuma máquina do tempo. Porque, mesmo se houvesse, não haveria constância nas histórias. Seria sempre possível voltar atrás. Existiria sempre uma alternativa. Apagar enganos, desvendar segredos, eternizar erros, mudar histórias que não dizem respeito a ninguém. Então, percebi que a vida é uma das melhores coisas que pode acontecer a um ser humano, estar vivo é maravilhoso. E que eu deveria ser mais grata pela que tenho.

Depois de todas as lágrimas que tínhamos abandonarem nossos olhos, Olive anunciou que Horus seria cremado na manhã seguinte e sugeriu que Scott entrasse e comesse algo, e que eu fosse conversar com Ann, que estava sentada embaixo de um carvalho próximo ao muro. Eu nem tinha dado por sua presença. Fui até a árvore.

Ela levantou a cabeça ao ouvir o barulho de meus pés nas folhas caídas. Me sentei ao seu lado. Agora olhava um ponto fixo no tronco da árvore que ficava à nossa frente. Sem coragem de olhar em seus olhos, fiz o mesmo. Ela não dizia uma palavra. Seu luto era, de longe, o mais devastador. Era o silêncio velado de uma filha abandonada. Órfã.

– O que estamos olhando? – perguntei.

– O tronco que eu costumava subir com ajuda dele. Ele me deu a árvore de presente.

Lembranças.

– Sabe – ela continuou –, no tronco têm todos os nossos nomes. Você pode colocar o seu lá.

Fiquei surpresa.

– Sério? Você quer que eu coloque meu nome na sua árvore?

Ela assentiu com a cabeça.

– É o mínimo que posso fazer. Meu pai só conseguiu te sequestrar porque eu te segui o dia inteiro. Will arquitetou tudo o que poderia te traumatizar. Eu só pedi que ele não te torturasse. Mas aí ele colocou fogo na cabana e eu...

– Eu sei – interrompi – que vocês agiram muito mais por quererem ficar ao lado dele e por serem seus filhos, do que por maldade.

– Me perdoa.

– Só se você me perdoar também.

E com isso abracei a minha mais nova amiga.

22

Após minha conversa com Ann, fui dormir, como a maior parte de nós já fazia àquela hora. Olive me acordou às oito horas e eu desci para tomar café com todos. Uma mesa de silêncio devorada às pressas, e em pouco tempo estávamos todos nos arrumando. Hanna me emprestou um vestido longo e preto e vestiu um parecido. Quem diria que nossas feridas estariam tão escondidas e tão expostas sob aquelas roupas. E não digo só as físicas.

Ao meio-dia nos encontramos no jardim. Uma hora e meia depois, tudo o que restara de Horus foram cinzas. Estas foram colocadas numa urna que, por sua vez, foi enterrada ao pé do carvalho onde Ann estava na noite anterior.

Depois da cerimônia, Olive me deu um colar com um pingente de lobo que eu podia jurar que já tinha visto na Carrie's. Alguns minutos mais tarde, Ann me entregou um estilete, e eu não entendi nada até ela me empurrar até sua árvore.

– Vai, escreve.

– Ficou ótimo. – Ann sorria.

§ § §

Almocei por lá mesmo e voltei pra casa. Mesmo Scott fazendo questão de me deixar em casa, eu quis ir sozinha. Precisava lembrar como é andar na rua sem olhar para trás de vez em quando, pensando ser seguida, sem estresse pós-traumático. Peguei um ônibus e andei da estação até o condomínio. Abri a porta com a certeza de que encontraria apenas Jenna dentro do apartamento. E estava certa. Carrie ainda estava no escritório, ou, mais provável, no ateliê.

Abri a porta do closet e enfiei a bolsa no fundo escuro do armário. Olhei em volta e confirmei minhas teorias de ser tão ingrata às vezes. Entrei no banho e deixei a água levar e lavar todas as lembranças da noite anterior. O corte na bochecha ardia. Já os hematomas nem doíam tanto, visto que eu passei metade da manhã com uma bolsa de gelo no pescoço. Ia era ficar gripada.

Mas isso era o de menos. A história que eu teria que contar a Carrie para explicar os machucados ia além de qualquer outra preocupação minha. Eu começava a considerar a possibilidade de ser mandada embora.

§ § §

Carrie chegou por volta das seis da tarde, querendo me levar a uma festa às sete. Mas quando me viu sentada no sofá, quando me ouviu dizer que precisávamos conversar, acho que ela mudou de ideia. Só então ela se deu conta do estrago feito.

– Voltou da guerra, foi?

Torci o nariz.

– Algo parecido.

Ela ficou esperando que eu continuasse, então o fiz.

– Lembra que a Olive te contou sobre quem matou a vovó e tudo mais?

– Erin, o que vocês andaram aprontando?

Respirei fundo antes de prosseguir.

– Ele está morto. Suicidou-se ontem quando fomos lá cobrar satisfações e tentar um acordo, ou coisa do gênero. Mas não se faz acordos com o inimigo, então as coisas meio que saíram de controle. – Apontei para o machucado. – Aquele dia que roubaram minha bicicleta... Na verdade, ele me sequestrou e forçou os dois filhos a ajudarem. Você estava tão ocupada com o desfile, que nós não precisamos de uma mentira muito maior. Ou você acha mesmo que eu passaria dois dias, quase três, na casa da Charlotte sem avisar que eu estava viva? Eu não seria tão inconsequente.

Carrie estava muda.

– Você é inconsequente, sim! Demais, até! Eu podia te deixar de castigo pelo resto da vida, mas eu vou mesmo é te mandar pro outro lado do Atlântico, Erin!

O efeito de sua fala foi quase imediato: comecei a chorar. Sem emprego. Sem Cambridge. Sem matilha. Sem namorado. Eu estava destinada a ser uma loba perdida, frustrada e sozinha nos Estados Unidos! Até Carrie explodir em gargalhadas ao me ver chorando.

– Mesmo porque depois de amanhã é aniversário da sua mãe e você esqueceu. Eu vou com você, sua idiota! Ela quer muito te ver, e está grávida, né? Desejo de grávida é fogo. Vai que o bebê nasce com a sua cara, que tragédia ia ser. – Ela ficou séria de repente. – Mas agora é sério. Eu só vou ser boazinha com você porque isso tudo que contou é muito pesado, o cara merecia morrer mesmo e deve ter sido difícil, mas, por favor, não arrume mais uma confusão dessas. Se eu contar para os seus pais, eles vão te levar embora, então não vou falar nada. Ainda não consigo acreditar nessa história e prefiro ficar longe dela. Mas comporte-se! Você destruiu nossa relação de confiança, então sem mentiras a partir de agora, porque senão eu te deporto de verdade.

Naquela noite, Carrie me levou à Couvert (com uma boa dose de corretivo na cara) e me fez conhecer meia dúzia de intelectuais interessantes, fora modelos de vários cantos do mundo. Não é possível ser uma garota de poucos amigos estando com minha tia. Na manhã seguinte, fizemos as malas.

23

O aeroporto estava um inferno. Muita gente correndo, muitas malas, muito barulho e muita agonia. Quase comemorei quando entramos na aeronave. Me sentei na poltrona da janela, com minha tia ao meu lado. Instruções chatas de sempre. Aeromoças com roupas bonitas e cinturas finas. Carrie pôs os fones de ouvido e abriu um livro. Já que ela não iria conversar comigo tão cedo, fiz o mesmo.

Playlist 3
"Gamble" – Lucy Rose
"Gonna get over you" – Sara Bairelles
"Hide (like stars)" – Lucia
"Alive" – Krewella (acoustic version)
"Latch" – Disclosure
"Wings" – Birdy
"Not about angels" – Birdy
"It was always you" – Maroon 5
"Little red riding hood" – Amanda Seyfried

"Hearts content" – Brandi Carlile
"Rather be" – Clean Bandit
"1901" – Birdy
"The apple tree" – Nina Nesbitt
"Breakfast at Tiffany's" – Nylo
"The way I am" – Ingrid Michaelson
"I was made for loving you" – Tori Kelly feat. Ed Sheeran
"I choose you" – Sara Bairelles
"Bottle it up" – Sara Bairelles

O ar condicionado congelava até meus neurônios. Procurei minha jaqueta na mochila embaixo da poltrona. Já vestida e aquecida, olhei pela minúscula janela. Uma imensidão azul manchada de branco acompanhava cada movimento do avião. Esperava não ser tão difícil entrar e sair de uma vida para sair e entrar novamente na outra. Eram duas realidades em lugares diferentes. E, de repente, isso não me incomodava mais.

Eu podia ter duas casas, raízes nos dois lugares, sem problema algum. Esperava que ainda pudesse me sentir à vontade em meio aos antigos amigos, mesmo depois de ter perdido tantas novidades. O contato entre nós ficou restrito como eu nunca imaginei que ficaria. Isso foi logo depois da volta das aulas, quando eu comecei a trabalhar e a confusão com Horus se desencadeou. Sobre ele... Sua morte não deixou muitos problemas para trás. Olive sabia esconder as coisas direitinho, e as cinzas não foram problema.

A matilha ficou arrasada por um tempo. Quanto a mim, eu não sei lidar com a morte. A ficha demora a cair, só que a tristeza vem com tudo depois. Felizmente, uma nova vida estava por vir. E eu mal podia esperar para ver os preparativos para sua chegada. Era questão de meses até meu irmão nascer e eu estava achando que não iria conseguir ficar longe dele, o que era um grande problema, considerando que um Atlântico de distância é longe demais.

Apesar disso, eu estava bem contente. As coisas começavam a funcionar e logo, logo tudo estaria de volta aos trilhos. Finalmente minhas prioridades se colocaram no lugar certo. Percebi que eu entro em confusão até sem querer. Vou ter que aprender a ficar longe dela. No meio de tantos pensamentos e lembranças, dormi. Fui acordada por uma cutucada no meu braço. Estava disposta a arrancar o dedo do engraçadinho, quando vi minha tia me oferecendo um chocolate.

Aparentemente, eu havia dormido horas corridas e precisava comer alguma coisa, pois o serviço de bordo já havia sido servido e demoraria a passar por ali novamente. Olhei as horas no celular, não havíamos passado da metade do voo. Passava *Sherlock Holmes* nas telinhas da aeronave. Carrie havia colocado os óculos de grau e agora assistia ao filme com atenção. Fui até o cubículo que eles chamam de banheiro para jogar uma água no rosto e esticar as pernas. As horas seguintes passaram rápido, visto que, mesmo sendo um voo longo, eu não passei muito tempo à toa. Li, dormi, ouvi música e assisti a alguns filmes até o piloto avisar que iríamos pousar.

§ § §

Chegamos a Sacramento à uma da tarde, mais cansadas do que nunca. Mamãe me abraçou com muita força, mesmo não podendo me levantar, pois não deveria fazer esforço. Papai não tinha essa restrição, então me levantou e quase me fez cair em nossa desastrada aterrissagem. Era tão estranho estar de volta. Quase tão estranho quanto ter dois lares. Passaríamos quatro dias ali.

Fui direito para o meu quarto assim que cheguei em casa. Estava do jeito que eu deixei. Mais organizado, talvez. Tão pequeno em comparação ao de Londres. Tão meu. Passei os dedos pelo tecido da cortina. Matei as saudades do meu balanço de criança no jardim e entrei, passando direto para a cozinha, onde minha mãe já preparava um lanche. Ela já estava com barriga. Uma barriga muito fofa, por sinal.

– Vamos pular toda a cerimônia e ir direto para o que interessa. As novidades, meninas. Agora. Todas! – Mamãe pediu.

– Bem, falando em cerimônia... – Carrie mostrou a mão direita.

O que eu vi se explica desta maneira: duas mulheres com mais de trinta anos voltando a ter dezoito. Elas pulavam, riam, gritavam e se abraçavam. Eu via a hora de as duas se debulharem em lágrimas.

– É ainda mais lindo ao vivo – mamãe comentou sobre o anel de brilhantes.

– Mas não é só isso. Eu queria fazer um convite para vocês dois e para a Erin de uma só vez – Carrie disse, deixando o comentário suspenso, nos deixando curiosos. – Tenho duas madrinhas e dois padrinhos garantidos?

Depois de dizermos que sim, sim e sim, mamãe e papai começaram a contar sobre a gravidez, o enxoval, o nome do meu irmão, as ecografias, os desejos esdrúxulos e fora de hora da minha mãe, e por aí vai.

Conversamos até o jantar, que foi a hora mais propícia para Carrie me fazer engasgar com o bife por mais uma novidade.

– Bom, já que atravessamos o Atlântico, não vamos perder tempo. Mesmo depois do casamento, quero que a Erin continue morando comigo. Ela tem se dado muito bem na escola, nas amizades, quase não me dá trabalho e é uma das estagiárias mais promissoras da grife.

Sim, Carrie, as novidades. AS NOVIDADES!

– E é por isso que eu queria não só mantê-la por lá como promovê-la a stylist da marca.

Eis que a comida erra o rumo, eu tusso, engasgo, fico pálida, levanto os braços, levo tapa nas costas e bebo suco, sorrio e recupero a cor normal.

– É sério? – perguntei.

– Sim, é muito sério.

Carrie não brincaria com trabalho...

– Já que ela está se dando tão bem por lá, não há razões para tirá-la de Londres – meu pai disse.

– Eu concordo – disse minha mãe com a voz embargada de emoção e hormônios de gestante.

– Só preciso de mais um sim para te dar o cargo, querida. Sim?

– SIM! Sim, sim, sim, sim, sim, mil vezes sim!

Epílogo

Oito meses depois

A igreja está decorada no melhor estilo Carrie. Muitas flores, velas, dourado e branco. Mamãe entrou com um vestido azul-escuro de tecidos diferentes nas texturas e parecidos em tons nas alças, com recortes nas costas, que lhe caiu perfeitamente na barriga de quase nove meses. Mas ainda faltam duas semanas para meu irmão nascer. Papai está de terno e sua gravata combina com o vestido da minha mãe.

Estou segurando um buquê de tulipas vermelhas e orquídeas brancas. Meu vestido é longo, tem cauda e é de um lilás quase *nude*. Com uma camada de renda meio dourada por cima, tem um decote em gota e termina no meu pescoço. Ok, não é a descrição mais precisa do mundo, mas é um Alexander McQueen que roubou todas as minhas palavras. Scott está ao meu lado e sua gravata também combina com meu vestido. Somos o último casal de padrinhos.

A música começou de novo. *Ode à alegria.* É a nossa deixa. Sorrio, aperto o braço de Scott e me tranquilizo pela milésima vez, sabendo que ensaiei cada passo daquela entrada. A cada banco que passa, vejo mais rostos conhecidos e faces que me serão apresentadas, mas seus nomes eu esquecerei. Ryan está lá adiante. Nervoso, impaciente e reclamando mentalmente do atraso da futura esposa, como qualquer noivo que se preze. Só agora percebi quantas velas há por aqui. Está tudo lindo. E parte disso é culpa minha, já que ajudei Carrie em suas decisões. Até com o destino da lua de mel eu me envolvi, eles vão para o Brasil! Scott e eu nos separamos e vamos cada um para um canto diferente da igreja.

A marcha nupcial está tocando. Até mesmo a orquestra fica boquiaberta quando Carrie entra de braço dado com Aaron. "Belíssima" é uma ofensa grave a esta noiva em particular. O Vera Wang branco de corpete simples contrasta com a cintura marcada por um bordado prateado, que, por sua vez, combina perfeitamente com a saia cheia de curvas e camadas. O véu e a grinalda casaram quase tão bem quanto a noiva e o noivo. Cabelo preso, brincos bonitos. O sorriso de Carrie supera qualquer artifício. O buquê é só de tulipas. Após mil anos ou três minutos, ela chega ao altar. Agora eu tenho dois buquês. Estou sentada na primeira fila. O pastor está falando a respeito de Coríntios 13:7. Estou gostando, é meu versículo preferido. Supera qualquer definição de amor que eu possa inventar.

Um sim, dois sins. Um beijo e muitas palmas. Estou devolvendo o buquê para Carrie. Ela me abraça e sai em meio a uma chuva de arroz. Madrinhas e padrinhos, estamos todos saindo, precedidos pela florista e pela porta-aliança.

Paramos à porta da igreja. Tiramos muitas fotos com os noivos. Todos os convidados estão indo para a recepção, que é num salão não muito longe. Combino de encontrar Scott e o resto de nossos amigos lá. Estou indo para o carro dos meus pais. Estamos rindo e conversando, como sempre. Seja de um lado ou de outro do planeta, nossa relação é sempre ótima.

Estacionamos o carro e entramos no salão, que está maravilhoso. Ali está Scott. Achamos a matilha. Abraço todos e o mais novo lobo que se juntou a nós: Luís, sobrinho irlandês de Olive e um dos meus melhores amigos há oito meses. O apartamento de Horus não era bem dele, estava no nome de Chantall, e ela o vendeu assim que pôde. Não houve mais do que discussões bobas e mal-resolvidas entre nós desde a morte de Horus.

Meu pai está conversando com Scott, eles parecem estar se dando bem. Já faz quase um ano que estamos juntos e nunca se encontram muito, considerando que metade da minha família mora na América.

Converso com muitos convidados de uma vez só. Conheci a maioria por meio da grife, que cresceu muito e agora está em quase todas as semanas de moda. Ser stylist é... Um sonho. Montar roupas e combiná-las da forma que eu desejar – e ainda adquirir uma parte delas – é quase tão bom quanto desenhar croquis.

O jantar está maravilhoso e eu vou ficar uma bolinha se continuar nessa mesa. Peço licença e arrasto meu namorado e minhas amigas para a pista de dança. A música está explodindo nas caixas de som e as luzes me dão mais vontade de dançar.

Já estamos aqui há quase meia hora. A canção vai ficando baixinha e é trocada pela voz da cerimonialista. É hora de cortar o bolo, que é um assunto à parte. Puro luxo. A foto simbólica dos noivos com a espátula no meio do caminho derrete meu coração, como em qualquer outro casamento. "Um brinde aos noivos!", alguém grita. Quatrocentas taças são erguidas no que deveria ser um círculo para brindar à felicidade de Carrie e Ryan.

A noiva abriu mão do véu e da grinalda para dançar no meio dos convidados. É passada mais uma hora e eu preciso tirar o suor da testa e arrumar o cabelo. Entro no banheiro e verifico o vestido. Tudo certo. Rosto limpo e não mais suado do que antes. Maquiagem razoável e cabelo no lugar. Kira entra correndo para me avisar que é hora de jogar o buquê. Deixamos os sapatos embaixo da mesa e nos preparamos para competir.

Todas as solteiras estão com os olhos focados nas flores. Carrie faz a contagem regressiva. Três, dois, um. Ela não jogou. Novamente.

Três, dois, um. O buquê atravessa os ares. Ah, não, não vou conseguir pegar. Está longe. Chegando... Vou pegar! Consegui!!!

Mesmo deixando o resto de nós decepcionadas, eu ganho palmas. A cada convidado que passa por mim, é mais um sorriso ou um parabéns. Retorno à mesa com as meninas. Os meninos e meu pai conversam animadamente sobre futebol, enquanto Olive e minha mãe conversam sobre assuntos demais, que não consigo acompanhar. Belisco um pouco do bolo enquanto penso sobre algumas coisas.

Talvez seja isso, talvez seja sobre estar no lugar certo, na hora certa, rodeada pelas pessoas certas. Talvez ser feliz seja uma coisa muito mais simples. Afinal, é das coisas simples que nasce a felicidade genuína. Com o tempo, tudo dá certo. Tempo. Passa tão rápido e tão devagar. Acho que os momentos mais lindos são os que, únicos ou repetidos, trazem um pouco mais de significado ao nosso dia a dia. São as pessoas que nos fazem bem, que amamos. Família. Amigos. O que nos esforçamos para conhecer, estudar, saber mais.

A curiosidade move o mundo. São as viagens que fazemos. Os lugares que descobrimos. As risadas que damos. As emoções boas que aquecem nosso coração com uma ponta de esperança, mesmo nos dias cinza. Um sorriso, um abraço. Descobertas. Felicidades. Talvez a felicidade seja nosso ganha-pão. Nosso objetivo. Uma das únicas razões para se querer estar vivo. Porque há dias em que nos sentimos vivos de verdade, sem deixar a rotina roubar nossa alegria e tornar tudo leviano, coincidência. São dias felizes. A felicidade pode ser um alvo, cujas flechas são sonhos, obstáculos, frustrações, vitórias, relações e conhecimentos. Felicidade é correr atrás do que nos faz feliz.

Agradecimentos

> Existe uma coisa deliciosa em escrever aquelas primeiras palavras de uma história. Você nunca pode dizer exatamente aonde elas irão te levar. As minhas me trouxeram até aqui.
>
> *Miss Potter*

Quando comecei a escrever esta história, em 2012, jamais poderia imaginar que ela tomaria uma forma tão diferente da original, muito menos que ela se transformaria num livro. Eu tinha doze anos e zero vontade de ser escritora. Os textos no fim do caderno eram um segredo meu e das minhas amigas, mas desse texto ninguém sabia. De algum jeito, acabei precisando dividir as ideias. Então nasceram contos, crônicas e poesias. Nasceu o *Audaz*. Eu cresci e a história cresceu comigo, foi mudando comigo, refletindo características de quem eu me tornei e do mundo ao meu redor. Ver as letrinhas do computador virarem livro, virarem papel, é singular de tal maneira que, pela primeira vez depois de tantas páginas, me faltam palavras. Então, eu agradeço. Porque sei que não chegaria aqui sozinha de maneira alguma.

Graças a Deus, pelas portas que se escancararam na minha frente, etapa a etapa, e pelas palavras, uma das expressões mais bonitas que a criatividade pode ter. Obrigada a Gerson e Elma, meus pais, por me incentivarem sempre e serem tão pacientes sempre que eu resolvia escrever até *bem* tarde. Obrigada a Rebeca e Carol, por serem irmãs legais e não me atrapalharem tanto quando eu não fazia a menor ideia do que digitar. Obrigada a minha família, as oito pessoas mais especiais do planeta, por estar sempre lá.

Agradeço aos amigos cujos dramas viraram crônicas. Obrigada por me emprestarem suas histórias e serem personagens tão incríveis na minha vida. Aos amigos que nunca me presentearam com contos, mas sempre gostavam de ler qualquer bobagem que eu escrevesse, das crônicas no fim do caderno até os textos da aula de redação, um grande muito obrigada! A todas as outras pessoas que acreditaram nas minhas histórias e em mim, obrigadíssima, isso foi bem importante.

E, ah, obrigada a você, que de algum modo chegou até aqui e gastou seu tempo lendo a história nas linhas e me encontrando nas entrelinhas. Talvez seja bem tarde agora e você tenha se prometido ler só mais um capítulo antes de dormir, ou talvez seja cedo e você deveria estar fazendo outra coisa. Pode ser também que você realmente não tenha mais nada a fazer e escolheu gastar algumas horas aqui dentro. Muito obrigada, espero que tenha valido a pena, que tenha sido divertido e que eu possa te escrever outra vez.

FONTE: Arno Pro
IMPRESSÃO: Paym

#Talentos da Literatura Brasileira
nas redes sociais

novo século®
www.novoseculo.com.br